ro
ro
ro

JUDITH LUIG ist Journalistin und Autorin, sie war bei der *taz* und der *Welt am Sonntag*, sie schrieb für *Zeit* und *Zeit Online*. Ihr erstes Buch handelt von Machos, ihr zweites von Freundinnen. Sie hat anderthalb Drehbücher geschrieben und sehr viele politische Reden. Sie lebt mit einem Mann und zwei Töchtern in Berlin.

JUDITH LUIG

DU WOLLTEST DOCH AUF DEN PONYHOF!

Urlaub mit Kleinkindern
in elf Versuchen

Rowohlt Taschenbuch Verlag

1. Auflage

Originalausgabe
Veröffentlicht im Rowohlt Taschenbuch Verlag,
Kirchenallee 19, 20099 Hamburg, Juli 2025

Covergestaltung zero-media.net, München
Coverabbildung Antonia Hinterdobler für FinePic®, München
Satz aus der Calluna bei Dörlemann Satz, Lemförde
Druck und Bindung GGP Media GmbH, Pößneck
ISBN 978-3-499-01712-4

Kontaktadresse nach EU-Produktsicherheitsverordnung:
produktsicherheit@rowohlt.de

FSC
www.fsc.org
MIX
Papier | Fördert
gute Waldnutzung
FSC® C014496

Für Fiona,
mein Urlaubskind

INHALT

URLAUB MIT KLEINKINDERN –
GEDANKEN ZU EINEM UNMÖGLICHEN KONZEPT

Urlaub mit Kleinkindern ist ein Irrsinn. Es ist genauso verrückt wie das ganze Leben mit Kleinkindern, halt nur noch viel, viel intensiver. Meine Kinder, zum Beispiel, entwickeln im Urlaub übermenschliche Fähigkeiten. Sie bleiben mühelos mit uns bis elf Uhr wach, gehen unter Protest um Mitternacht ins Bett und stehen dann trotzdem ab sechs Uhr früh wieder auf der Matte. Sie essen Spaghetti Carbonara und Tiramisu im Restaurant und dann noch ein Eis am Dorfplatz, und wenn wir dann abends gegen zehn Uhr zurück in die Ferienwohnung kommen, fragen sie: «Was gibt es zum Abendessen?»

Sie toben sechs Stunden im Hotelpool bei 18 Grad, weil die Heizung ausgefallen ist, und wenn man sie endlich mit viel Überredungen, Bestechungen und Versprechungen rausgelockt hat und man selber nur noch ein kleines blaues verfrorenes Etwas ist, trocknen sie sich kurz ab und sagen: «Aber gleich gehen wir noch mal schwimmen. Bitte, Mama. Das hast Du versprochen.»

Sie sind wach, wenn wir schlafen wollen, und sie schlafen, wenn wir mit ihnen spazieren gehen wollen, sie sind hungrig, wenn alle französischen Restaurants, die was auf sich halten, noch geschlossen sind, sie wollen Pizza, wenn es Pommes gibt, sie wollen mit dem Roller am Strand fahren und das Lego-Piratenschiff mit auf den Wochenendtrip nehmen. Sie spüren jeden Souvenirstand und jedes Kettenkarussell und jede Eisdiele im Umkreis von einem Kilometer auf, und wenn sie dann drei Runden gefahren sind und eine Kugel Stracciatella in der Waffel schlecken und den hundertsten Flummi aus dem Flummi-Automaten bekommen haben, dann sagen sie: «Wann bekommen wir eigentlich einen Babyhund?»

Ich wünschte, ich hätte eine Ausbildung zur Reiseleiterin, Entertainerin und Pädagogin gemacht, dann wäre ich vielleicht wenigstens halbwegs auf die Urlaube mit meinen Kindern vorbereitet gewesen. Aber die Wahrheit ist: Ich konnte ja noch nicht mal ohne Kinder Urlaub machen. Ich wusste ja gar nicht, wie das geht.

Als ich erwachsen wurde, schaffte ich als Erstes den Urlaub ab. Hotels und Ferienwohnungen? Wozu? Mit 18 zog ich bei meinen Eltern aus, und weil alle meine Freunde das auch taten, konnte ich ab da immer irgendwo jemanden besuchen: in München oder in Hamburg, in Singapur, Paris oder Rom. Ich machte Praktika in Alberta, Kanada, und in Lubbock, Texas, ich hatte einen Freund in Durban, Südafrika, ich studierte in Florenz und Perugia, ich flog zu Tagungen nach London oder Newcastle und trug irrelevante Essays vor. Mein Zuhause war die Welt, wozu also noch Urlaub machen?

Menschen machen ja bekanntlich Urlaub, um etwas Neues zu sehen, um Dinge zu entdecken, die sie noch nicht kennen. Ich bin prinzipiell auch gerne unterwegs und erlebe durchaus gern etwas, aber dafür muss man ja nicht Urlaub nehmen, dafür habe ich ja einen Beruf! Als Journalistin bin ich in meinem früheren Leben dauernd rumgefahren. Ich war in Schmalkalden in Thüringen, wo sich an einem Dienstag nachts um drei plötzlich ein 30 Meter tiefes Loch auftat, das ein Auto, ein Stück Garage und einen Garten verschlang, ich war im Silicon Valley, um etwas über die Start-up-Szene zu lernen, ich war auf den Seychellen, um über ein neues Luxus-Resort zu berichten, ich war bei der Royal Wedding von William und Kate in London und bei der von Victoria und Daniel in Stockholm, ich habe in Nikosia den Präsidenten von Nordzypern getroffen, obwohl ein paar Neider behaupten, der sei gar kein Präsident, weil Nordzypern gar kein Land sei, ich habe über Architektur auf den Äolischen Inseln geschrieben und über neapolitanische Kreuzfahrt-Kapitäne.

Ich war an allen möglichen Orten, um darüber zu schreiben, was da gerade passiert, und von den Menschen zu erzählen, die damit zu tun haben. Eine Reporterin kann jeden anquatschen und sich erklären lassen, was der gerade so macht, wie der lebt. Das mag ich.

Menschen machen außerdem gerne Urlaub, weil sie eine Pause vom Alltag brauchen. Das kann ich zwar grundsätzlich nachvollziehen, aber ich lebe in Kreuzberg. Die Straße, in der wir wohnen, ist 380 Meter lang, und es gibt zwei Cafés, ein französisches Fusion-Sternerestaurant, einen Hipster-Inder, einen Österreicher, eine echte Kreuzberger Kneipe, in der man bis morgens um fünf saufen kann (ein Angebot, von dem viele Gebrauch machen), es gibt zwei Galerien, ein Kunstatelier und eine kroatisch-deutsche Edel-Gastronomie. Es gibt in der Verlängerung der Straße sogar einen kleinen Zoo, einen Park, zwei Spielplätze, und etwas weiter die Straße runter in die andere Richtung ist der Landwehrkanal. Alleine in dieser einen Straße ist mehr los als an vielen Orten, an denen Menschen «Urlaub» machen.

Urlaub brauche ich also wirklich nicht. Viel zu viel Stress.

Mir ist unbegreiflich, was Leute daran finden, die Hälfte ihres Kleiderschranks in Koffer und Taschen zu stopfen und das alles durch die halbe Welt zu schleppen. Nur um dann zwei Wochen lang in einem überteuerten Hotelzimmer zu hocken, das drei Milliarden identische Klone hat, oder in einem unpraktischen Haus in Holland nach Zeug zu suchen, was dann leider meilenweit vom Strand entfernt ist, weil man eben lieber nicht ganz so viel bezahlen wollte oder konnte oder bei der Lektüre der Beschreibung des Gastgebers mit halbem Ohr mit seiner Mutter telefoniert hat. Da hockt man dann und trifft andere Deutsche. Na toll.

Menschen machen Urlaub, um sich zu erholen. Das finde ich eine wunderbare Idee, aber wenn ich mich erholen will, dann lege ich mich ins Bett und bleibe dort liegen. Dann lese ich *Pride and Prejudice* zum tausendsten Male, dann schaue ich *Modern Family* oder die ganze Staffel von *Friends* oder *Downton Abbey*, dann höre ich Podcasts mit Micky Beisenherz oder gucke mir auf Instagram Stand-up-Comedy über erschöpfte Mütter an, alles von Carolin Kebekus über Jen Brister bis zu Sindhu Vee. Wenn ich mich entspannen will, dann mache ich nix. Dann liege ich da, schaue mir den Baum vorm Fenster an, atme ein und atme aus und genieße, dass keiner was von mir will.

Das heißt, so habe ich das früher gemacht. Damals, als ich Urlaub noch aktiv vermeiden konnte. Als ich in der ganzen Zeit, in der die anderen Anfänger in der Redaktion in ihren «Erholungsurlaub» gefahren sind, weitergearbeitet habe ohne Stress, weil ja eh Sommerloch war. Eine Zeit, in der man Themen in der Zeitung unterbringt, die einem der Chefredakteur sonst vom Tisch gefegt hätte. Dieser ganze Camp-Kram. Eine Recherche darüber, warum seit Jahren so ein Bauzaun am Landwehrkanal ausgerechnet einen der schönsten Sonnenplätze verrammelt. Oder darüber, warum die Kugel Eis neuerdings fast überall zwei Euro fünfzig kostet. Oder warum Frauen heute noch Weinkönigin werden. Es war jene Zeit, als ich mich an einem der schönsten Sonnentage einfach ins Bett oder auf die Wiese legen konnte, ohne dass sich sofort jemand dazugelegt hat, am besten noch auf mich drauf. Also die Zeit, bevor ich ein Kind bekommen habe.

Jeder, der schon mal 24 Stunden am Stück mit einem sehr kleinen Kind in einer Wohnung verbracht hat, weiß: Es ist das exakte Gegenteil von Erholung. Meine Tochter Joe zum Beispiel kann innerhalb von einer Minute drei verschiedene Spiele anfangen.

«Ich will puzzeln», sagt sie, «aber nur das Peppa-Wutz-Puzzle.»

Das müssen wir natürlich erst mal suchen. Sobald wir es haben, sagt sie: «Ich will das Dinosaurier-Puzzle.»

Wenn wir dann da die Teile mit den Punkten aussortiert haben, auf denen der Brontosaurus drauf ist, kickt sie die Hälfte unters Sofa und brüllt: «Ich wollte Lego!»

Wenn man den Fehler macht, die Kiste aus dem Regal zu stemmen, kontert sie mit einem: «Ich habe HUUUNGER!»

«Was willst Du denn essen?»

«Nudeln, nein, Burger, nein, Bolo, nein, Eis, ich will ein EIIIIISSSSS!»

Dabei tritt sie gegen die Lego-Kiste, und ehe man sichs versieht, sieht die Wohnung aus wie ein Zeltlager nach einem Hurrikan.

Kinder brauchen Abwechslung und Auslauf. Aber wenn man mit ihnen auf den Spielplatz geht, dann wollen sie die Schaukel, auf der gerade ein anderes Kind sitzt, und sie wollen die Schippe, die ihnen nicht gehört, und sie wollen die andere Schippe, die sie gerade verliehen haben JEEEEETTTTTZZZT SOFOOOOORT ZURÜÜÜCK ÄÄÄÄÄHHHH. Man muss deswegen immer ab und zu mal einen Tapetenwechsel oder Ablenkung – also auch Urlaub! – planen mit den Kindern, sonst werden sie maulig und nölig und übellaunig und laut, und man selber wird es auch.

Außerdem machen ja alle anderen auch Urlaub. Gehört das nicht zur Kindheit dazu? Schulde ich das meinen Kindern nicht irgendwie auch? Wird das etwas sein, was sie später bei der Therapie gegen mich vorbringen?

«Meine Mutter wollte nie mit uns in den Urlaub.»

«Ah, na, das klingt ja furchtbar. Das erklärt natürlich alles. Ich verschreibe Ihnen mal was.»

Urlaub, wie schwer kann das sein? Andere schaffen es auch, oder woher kommen sonst die ganzen Insta-Storys mit wehenden Tüchern und weißen Sandstränden und blauem Meer, die endlosen Sonnenuntergänge, leuchtende Drinks am Infinity-Pool, glückliche Paare mit sonnengeküsster Haut und Kinder, die in Slow Motion ins Wasser springen, die ganzen Videos voll von strahlenden kleinen Wandervögeln, die unterwegs Richtung Zugspitze sind? Alle scheinen es hinzubekommen – Urlaub. Was schauen wir uns an, wenn die Tage lang und grau werden, in Zeiten von Zwist und Teenager-Krisen? Unsere glücklichen Urlaubsfotos. Also bitte.

Erschwerend kommt bei mir hinzu: Als ich Mutter wurde, habe ich nicht irgendein Kind bekommen. Nein, ich habe das ultimative Urlaubskind in die Welt gesetzt. Niemand macht so gerne Urlaub wie meine Tochter Fiona. Sobald sie das Wort «Ferien» hört, rennt sie in ihr Zimmer und fängt an zu packen, auch wenn die Ferien noch Wochen entfernt sind. Schon als sie erst ein paar Wochen alt war, war sie immer glücklich, sobald wir unterwegs waren. Wir hatten mal in Brandenburg eine Pension, die normalerweise von Fernfahrern frequentiert wurde. 14 Euro die Nacht, 21 mit Frühstück. Die feuchten dunklen Zimmer lagen im Halbparterre, Dackel, die vorbeikamen, starrten bei uns rein. Fiona fand es toll.

«Mama, das gehört jetzt alles uns. Danke.»

Fiona ist auch der letzte Fan der Deutschen Bahn. Schon als Baby. Andere Kinder schrien wie am Spieß, ihre Eltern mussten sie die ganze Strecke zwischen Berlin und Köln in einem komplizierten Tuchgewickel über die engen und vollen Gänge schuckeln, während mein Kind zufrieden vor sich hin guckte und gluckste und ich unter den Todesblicken der anderen Eltern lesen konnte.

Normalerweise schläft Fiona wie ein Bär, und damit sie aufwacht, muss man ihr zuerst das Blaue vom Himmel versprechen und hundertmal sagen: «Bitte, bitte, meine Süße, mach die Äuglein auf.» Aber wenn man sich nachts um vier Uhr an ihr Bett stellt und sehr, sehr leise sagt: «Der Urlaub geht los», dann springt sie auf, zieht ihren Strohhut an und ist bereit zum Aufbruch. Das hat sie von ihrem Vater. Der liebt Urlaub auch so sehr.

Im Grunde hat sogar ein Urlaub unsere Liebe besiegelt. Wir hatten uns eigentlich längst getrennt, dann sind wir noch mal aneinandergeraten. Ausgerechnet an einem Abend, als er am Morgen danach in den Urlaub flog. Nach Montenegro. Komm hinterher, hat er gesagt. Und ich war nicht sicher. Klar, bei dem Mann schon. Aber war ich wirklich bereit, Urlaub zu machen? Ein paar Tage zögerte ich, dann buchte ich den Flug. Und dann: badeten wir in der Adria und lasen am Strand, aßen in mittelalterlichen Städten auf romantisch beleuchteten Plätzen Ćevapčići und Schopska-Salat, wohnten am Meer und in einem Shoppingcenter (dazu später mehr), machten einen Ausflug nach Albanien und einen in eine alte venezianische Handelsstadt, wo wir ein süßes Baby-Piraten-T-Shirt kauften, falls wir mal ein Kind haben würden. Und ich merkte: So schlimm ist das gar nicht, dieses Urlaubmachen.

Urlaub als Paar war sogar eigentlich ganz schön. Wenn man mal davon absieht, dass Matthias und ich ganz grundsätzlich entgegengesetzte Vorstellungen davon haben, was schön ist. Matthias fährt am liebsten dann, wenn möglichst viele Menschen um ihn rum auch Urlaub machen. Im Juli oder im August in Frankreich oder Italien, für alle anderen der Horror, für meinen Mann das Schönste. Je größer das Hotel, desto besser, je voller der Strand, desto toller findet er es mit seinem Buch auf seiner Liege. Er liebt es, in der Menge unterzutauchen. Er liebt Hotels mit Pool und Ferienanlagen. Unsere Hochzeitsreise (mit Kind) haben wir nach Kreta gemacht, in ein Resort, ein Gedanke, bei dem ich früher ausgespuckt hätte.

Und weil ich Matthias liebe und Fiona auch, habe ich versucht zu lernen, wie man Urlaub macht. Es stand ja auch zwei zu eins. Ich hatte ohnehin keine Chance gegen sie. Also habe ich angefangen, mir über Urlaub Gedanken zu machen, über Vollpensionen und Beistellbettchen, über Reiseapotheken, Reiserücktrittsversicherungen und Reiseziele.

Ich dachte, es muss doch eine Formel geben, die für alle passt.

Ich dachte auch, die Natur wird mich schon unterstützen. Wenn ich erst mal ein Kind habe, dann finde ich auch all die Sachen toll, die man mit einem Kind macht und die mir bislang komplett überflüssig oder spießig vorgekommen sind. Dann werde ich auch auf der immer gleichen Nordseeinsel hocken, geschnibbelte Karotten und geschmierte Teewurstbutterbrote aus Tupperware essen und in den Regen schauen. Dann finde ich Sand im ungemütlichen Bett der Ferienunterkunft wahnsinnig «natürlich», dann unterhalte ich mich von Strandkorb zu Strandkorb angeregt über den Vorteil von diesen bescheuerten Sonnenmützen mit dem Schirm in Nacken! Dann mag ich Hotelpools und Frühstücksbüfetts. Denn das machen Familien so. Oder?

Familienurlaub! Das klingt doch gut, sagte ich mir damals, als ich mit Fiona schwanger war und wir unseren letzten Paarurlaub in Kroatien machten, wo mir zwei Wochen lang nur übel war. Familienurlaub! Damit sind so viele Hoffnungen verbunden. Die Urlaube sollen doch die Grundlage für das spätere Familienglück sein, ein Speicher an leichten und schönen Momenten des Zusammenhalts, das Archiv der glücklichen Erinnerungen, randvoll gefüllt mit wunderbaren Geschichten von endlosen Tagen am Meer, von Sonne und Lachen, von Tiefe und Verbundenheit. Augenblicke, von denen man dann im nervigen Alltag zu Hause zehrt. Wie ich mit meinen Schwestern und meinen Eltern.

Weißt Du noch, am Strand von Jesolo, als wir abends immer mit Papa und Mama ganz weit raus geschwommen sind? Weißt Du noch das Hotel in Passau, wo wir immer die Dusche angemacht haben, wenn Du rumgeschrien hast? Weißt Du noch der Urlaub mit Stolleis in Spanien, wo

Tausende Salamander über die Decken flitzten und wo Du schwimmen gelernt hast? Weißt Du noch in Sizilien, wo wir uns am ersten Tag alle so tierischen Sonnenbrand geholt haben? Weißt Du noch in Schottland, wo Du so sauer auf uns warst, dass Du mit Deiner Matratze auf dem Flur geschlafen hast?

Familienurlaub, das ist das Fundament, auf dem sich alles aufbaut, was uns als Familie verbindet. Das sind wir, diese einzigartige Konstellation, die sich aus dem Zusammentreffen dieser einzigartigen Seelen gefunden hat. Familienurlaube sind wie Schneeflocken, jede ein Unikat, jede wunderschön. Oder so ähnlich.

Als ich mir damals dieses Fundament unserer fantastischen Familienzukunft erträumte, hatte ich allerdings nicht so richtig eingepreist, dass sich meine Kinder eventuell genauso verhalten würden wie die Kinder anderer Leute, die ich manchmal entsetzt im Restaurant beobachtet hatte. Wo dann Matthias zu mir sagte: Also das machen wir anders. Ich hatte überhaupt nicht daran gedacht, dass Matthias und ich als Eltern eventuell sehr ähnlich sein würden wie die genervten Eltern aus diesen Restaurants, die ihre Kinder erst sehr lieb ermahnen, dann irgendwann zischen und als letzte Waffe das mobile Endgerät rüberreichen. Oder wie wir auf andere Kinder oder andere Eltern reagieren würden. Denn die trifft man ja leider auch im Urlaub.

Aber wir haben in den letzten Jahren viel gelernt, wir haben uns auch weiter kennengelernt, von ganz neuen Seiten, die wir gar nicht unbedingt hätten kennenlernen müssen, und wir haben Fiona kennengelernt. Und nach den ersten Katastrophenurlauben wurde es besser, leichter.

Und dann, ja dann, als Fiona endlich ein bisschen alleine im Sand spielte und im Restaurant mal fröhlich ein Bild malte und sogar schwimmen lernte und wir nicht dauernd wie Frontex die Grenze Land-Pool bewachen mussten, da haben wir noch ein Kind bekommen, und zwar Josepha, den Urlaubs-Grinch. Ein Kind, das schon kotzt, wenn sie nur ein Spielzeugauto in der Hand hält. Ein Kind, das das Haus nicht verlässt, wenn nicht Hasi und Pingu und Katzi gefunden und eingepackt wurden, und das dann schreit, wo ist eigentlich Waui!!! Ein Kind, das auf der halben Treppe im Hausflur, die man es runtergeschleift hat, sagt: Wann gehen wir wieder nach Hause? Ein Kind, das es hasst, hasst, hasst, die Stadt zu verlassen. Aber wir mussten natürlich trotzdem Urlaub machen. Siehe Kind 1.

Die vergangenen Jahre habe ich also damit verbracht, nach dem perfekten Familienurlaub zu fahnden. Nur um festzustellen, dass es den nicht gibt. Also jedenfalls nicht, wenn man sich davon «die drei heiligen Es» erhofft – Erholung, Entspannung, Entlastung. Urlaub mit Kindern ist dieselbe 24-Hour-Routine wie im Alltag zu Hause auch, nur eben in einer Umgebung, die nicht darauf ausgerichtet ist, und ohne die helfenden Hände staatlicher Einrichtungen wie Kita oder Schule. Urlaub mit Kindern bedeutet, man reist viele Kilometer um die Welt, damit sie sich dann halt nicht bei Ikea in Tempelhof oder bei Edeka um die Ecke schreiend auf den Boden werfen, sondern auf den Champs-Élysées oder vor dem Kolosseum. Urlaub mit Kindern heißt, man braucht danach noch mal Urlaub. Ohne Kinder.

Ehrlich gesagt auch ohne den Partner. Denn all das, was im Alltag einen schon an den Rande des Wahnsinns bringen kann bei der gemeinsamen Kindergroßziehung, ist im Urlaub noch mal schön unterm Vergrößerungsglas. Und es gibt keine Ablenkung wie Babysitter oder Schwiegereltern oder Freunde, zumindest nicht, wenn man die nicht mit in den Urlaub nimmt. Matthias und ich sprechen uns immer gerne direkt an im Urlaub. Fast alle Sätze fangen mit Du an. «Du wolltest doch ...», «Du hast aber gesagt ...», «Du machst jetzt bitte mal ...», «Du solltest doch ...». Manchmal in der freundlicheren Variante: «Haben wir eigentlich Malstifte und Papier dabei?» Was aber bedeutet: «Warum hast Du keine Kreide mitgenommen?»

Kein Mensch hat mir das gesagt, bevor ich Mutter wurde. Die Wahrheit ist: Urlaub mit Kindern ist ein Widerspruch in sich. Zumindest für die Eltern. Denn irgendjemandem ist immer zu heiß oder zu kalt, einer hat immer Hunger, ist gelangweilt, will weg, will nicht weg, will was ganz anderes, will das, was der andere gerade hat, und zwar jetzt sofort. Und irgendjemand sagt immer: Mama, Mama, Mama, Mama, Mama.

«Schreib ein Buch über Wegfahren mit Kindern», sagt meine Freundin Stina, als ich ihr von dieser Buchidee erzähle, «aber dann nenn das bitte nicht Urlaub.»

Mach ich aber doch. Weil ich weiß, dass es irgendwie auch schön sein kann. Und deswegen habe ich experimentiert. Ich habe immer wieder neue Konstellationen erschaffen, in denen der beste Urlaub aller Zeiten – mit Kindern – gelingt. Man kann mir nicht vorhalten, ich hätte nicht immer wieder Anlauf genommen, auch wenn am Ende vielleicht (für mich) nur eine Teilnehmerurkunde dabei rumgekommen ist.

Aber Kinderhaben ist eben wie Olympia: Dabei sein ist alles. Und alles ist halt nicht immer entspannend. Aber irgendwann ist es auch toll. Im Rückblick.

1. VERSUCH

CAREWORKATION – WIE MAN SICH BEIM ERSTEN BABY-URLAUB VERSTREITET

DIE THEORIE: *In einem Hauch von Sommerkleid sitze ich am steinernen Tisch im Olivenhain. Der Baum hinter mir wirft einen malerischen Schatten auf den Bildschirm meines Laptops, auf dem mein inspirierender und unterhaltsamer Text nur so aus meinen Fingern fließt. Vom Haus her höre ich die Kleine juchzen.*

Matthias hat mir einen Cappuccino gebracht, jetzt spielt er mit dem Baby auf dem Platz vor der Tür mit Kieselsteinen. Später werden wir an den Strand gehen. Während ich mich für meine kreativen und kritischen Gedanken mit einem ausgedehnten Bad im Meer belohne, bauen die beiden fröhlich Burgen. Abends, wenn das Kind längst in seinem Bettchen schläft, sitzen wir noch ewig auf unserer Dachterrasse unter den Sternen, küssen uns ab und an, essen Auberginen-Involtini, trinken Rotwein, küssen uns noch mal und diskutieren über italienische Politik und Elisabethanische Liebeslyrik.

DIE PRAXIS: Den ersten Streit über die Kinderbetreuung haben Matthias und ich noch bevor unser erstes Kind geboren ist. Wir sind beim Mexikaner in der Bergmannstraße, trinken Virgin Mojito und träumen von unserer gemeinsamen Elternzeit. Meine Idee: ein Monat Italien, in einem kleinen rustikalen Steinhaus in Torrazza, einem verwunschenen Bergdorf in Ligurien, wo mal die Sarazenen waren, nur eine halbe Stunde vom Strand entfernt. Das Baby ist dann schon sechs Monate alt, da wird es für Matthias ganz leicht sein, zu übernehmen.

Ich hatte es mir alles schon ganz genau ausgemalt. Schließlich bauen alle Eltern, die es sich irgendwie leisten können, heute ihre Elternzeit zu einem mehrmonatigen Urlaub aus. Jedes dritte Grundschulkind aus Deutschland hat mittlerweile einen Großteil seines ersten Lebensjahres in Thailand/Neuseeland / Texas / auf Safari in Südafrika verbracht. Und da ich ja eigentlich nie Urlaub mache, dachte ich, nehme ich mir da was zu arbeiten mit und schreibe mein Buch fertig. Leider hatte ich offenbar versäumt, den Vater des Kindes darüber zu informieren.

«Wie lange soll ich mich eigentlich um das Kind kümmern?», fragt mich Matthias über den Zuckerglasrand hinweg.

«Wie meinst Du das?», frage ich.

«Na, ja, in der Zeit, wenn wir beide Elternzeit haben.»

«Ähm, weiß nicht, ich dachte, Du machst dann einfach alles, was ich vorher gemacht habe?»

«Aber Du hast doch dann auch Elternzeit.»

«Stimmt», sage ich zögernd. «Aber ich schreibe dann ja auch mein Buch.»

«Was machst Du?»

«Ich schreibe mein Buch.»

«Den ganzen Tag?»

«Na, ja, nicht den ganzen Tag, aber schon einige Stunden.»

«Wie viele Stunden denn?»

«Ähm, so viele, wie Du sonst im Büro wärest.»

«Also neun Stunden?»

«Hm, eigentlich schon.»

«Jeden Tag?»

«Na, ja, nicht am Wochenende.»

«Aber unter der Woche schon? Auch abends?»

Ich schweige.

Matthias schaut mich erstaunt an: «Freust Du Dich denn gar nicht auf das Kind?»

In Deutschland gibt es zwei Arten von Müttern. Es gibt die schlechten und die schlechten. Die einen gehen zu viel arbeiten, verbringen zu viel Zeit mit Dingen, die nichts mit ihren Kindern zu tun haben, so wie Freunde, Sport oder Ausgehen. Die anderen gehen zu wenig arbeiten, sie verbringen zu viel Zeit mit Dingen, die nur mit ihren Kindern zu tun haben, so wie Baby Led Weaning, Musikkarussell und Krabbelgruppe. Ich wusste zwar theoretisch, dass man sich zwischen den beiden Modellen entscheiden muss: Rabenmutter oder Tutti-Mutti. Aber irgendwie dachte ich nie, dass sich das wirklich auch auf mich beziehen würde.

An diesem Abend beim Mexikaner habe ich sofort ein schlechtes Gewissen. Noch bevor mein Kind auf der Welt ist, vernachlässige ich es.

«Na, ja», sage ich schuldbewusst, «es reicht ja sicher auch, wenn ich nur vormittags ein paar Stunden arbeite.»

Zu dem Zeitpunkt habe ich noch nicht durchschaut, dass es sich bei dem Nachfragen um eine fiese Masche handelt. Strategische Inkompetenz! In den folgenden Jahren wird es genau diesen Dialog in tausend Varianten immer wieder zwischen uns geben.

Ich: «Kannst Du noch Brot mitbringen?»

Er: «Brot?»

Ich: «Ja, Brot.»

Er: «Was denn für ein Brot?»

Ich: «Na, ja, irgendeines, was wir halt essen mögen.»

Er: «Also ich soll Brot mitbringen?»

Im Laufe der Jahre bin ich besser im Nachfragespiel geworden.

Ich: «Kannst Du noch Lebkuchen für den Kindergeburtstag kaufen?»

Er: «Lebkuchen?»

Ich: «Ja, Lebkuchen.»

Er: «Kinder mögen doch gar keine Lebkuchen.»

Ich: «Deine schon.»

Er: «Also einfach Lebkuchen? Wo finde ich die denn?»

Ich: «Im Supermarkt.»

Er: «Wo denn im Supermarkt?»

Ich nahm daraufhin einen Screenshot vom Edeka-Angebot an Lebkuchen auf und schickte es ihm zusammen mit einem gezeichneten Plan vom Supermarkt mit einem X an der besagten Stelle.

Das Nachfragespiel kann jedes Familienmitglied spielen, unabhängig von Alter oder Geschlecht. Es geht darum, den Gegenpart durch geschickt bescheuerte Nachfragen so in den Wahnsinn zu treiben, dass der von seinem ursprünglichen Ziel abgelenkt wird oder es sogar selber hinterfragt.

Es gibt auch leicht abgewandelte Varianten strategischer Inkompetenz bei den Kindern, strategische Taubheit zum Beispiel:

Ich: «Kannst Du jetzt den Fernseher ausmachen?»

Fiona: Keine Reaktion.

Ich: «Hallo, mach bitte den Fernseher aus.»

Fiona: «Wann denn?»

Ich: «Na, jetzt.»

Fiona: «Was hast Du gesagt?»

Ich: «Du sollst den Fernseher ausmachen.»

Fiona: «Okay.»

Guckt seelenruhig weiter.

An dem Abend beim Mexikaner bin ich noch eine komplette Anfängerin in diesem Spiel, und so handelt mich Matthias in kürzester Zeit auf ein Minimum von drei Stunden am Vormittag runter, und trotzdem habe ich noch ein schlechtes Gewissen. (Anmerkung der Redaktion: Herr W. bestreitet die Darstellung des Abends und «kann sich nicht erinnern», die zitierten Aussagen gemacht zu haben.)

Sechs Monate später landen wir in Nizza. Es ist Anfang Juni, ich habe die vergangenen 176 Tage 24 Stunden am Tag und in der Nacht mit einem sehr, sehr kleinen, sehr, sehr süßen und sehr, sehr bedürftigen Menschen verbracht. Ich war wach, wenn ich schlafen wollte, und bin mit einem heulenden Baby auf dem Arm vor dem Fenster auf und ab gelaufen, ich habe gestillt, wenn ich selber essen wollte, ich habe gesungen, wenn mir eher nach Heulen zumute war. Es war sehr schön und sehr erschöpfend. Ich freue mich auf eine Pause, darauf, dass jetzt der Vater übernimmt, wie sich das bei einem zeitgenössischen, aufgeklärten Paar gehört. Ich freue mich, dass ich wieder zurück in mein altes Leben finde, das, in dem ich nicht rund um die Uhr für jemand anderen da bin. Ich finde, ich war jetzt lange genug Tutti-Mutti. *It's time for me-time.*

Passend dazu habe ich uns für den Monat einen Cinquecento gemietet. Er ist schwarz lackiert, hat beige Lederpolster und ist unheimlich schick. Ich setze mich ans Steuer und fühle mich sofort wie Cate Blanchett auf dem Weg nach Cannes.

«Der hat ja nur zwei Türen», sagt Matthias.

«Ja, sieht gut aus, oder?»

«Schon, aber da müssen wir ja jedes Mal die Babyschale auf den Rücksitz durch die Vordertür quetschen.»

«Hm.»

«Und da kriegen wir doch nie alles rein, oder?»

«Ist kein Problem», sage ich, greife beherzt nach unserem großen Koffer und öffne den Kofferraum.

Es ist leider doch ein Problem. Wer zum ersten Mal mit einem Baby verreist, unterschätzt die schiere Menge an Sachen, die man so braucht. Oder vielleicht auch nicht braucht, aber trotzdem mitnimmt. Ich bin noch relativ unerfahren im Umgang mit Babys, und ich komplett unerfahren im Umgang mit Urlaub. Dass ich jetzt gleich den Irrsinn einer Kombination aus beidem versuche, zeigt, dass der Schlafmangel der vergangenen Monate mich nicht zu einem klügeren Menschen gemacht hat.

Wir haben ein Reisebabybett und das Untergestell von dem Kinderwagen und die Babyschale und einen Fußsack, falls die Nächte kalt sind, und einen Schlafsack, falls die Nächte heiß sind, und literweise spezielle Baby-Sonnencreme ohne Mikroplastik, die man in Italien garantiert nicht kriegt, und Mückenschutz für Babyhaut und Pampers, weil Fiona von allen anderen Windeln Ausschlag bekommt. Und drei Tuben dieser Zinksalbe, falls sie doch auch mal von den Pampers Ausschlag bekommt. Und ein Mückennetz für ihr Bett. Und natürlich vier Pakete Folgemilch und mehrere Fläschchen, weil ich nicht weiß, ob wir das hier in der Gegend überhaupt bekommen, und selbst wenn Fiona noch nicht mal einen einzigen Tropfen Milch aus einem Fläschchen gesaugt hat, bin ich mir sicher, dass sie nur diese Marke wollen wird.

Der Plan ist, dass wir sie hier an die Flasche gewöhnen wollen, damit das Geklebe an mir etwas weniger wird. Und natürlich haben wir auch ihre Wickeltasche und ihr Badehandtuch, auf das ihr Name eingestickt ist, dabei. Ein paar Klamotten für mich passten auch noch rein in den Riesenkoffer, allerdings wenige. Ich trage seit der Geburt eigentlich ohnehin durchgehend nur mein Post-Partum-Outfit: die marineblaue Yoga-Leggins von Lululemon und das fuchsiafarbene Wasserfall-T-Shirt mit diesem Oversize Hoodie, den es mal als Werbeschenk von der *Zeit* gab.

In Matthias' Reisetasche sind die für ihn im Urlaub obligatorischen dreitausend Bücher und ein riesiger, aufblasbarer, mit lila und rosa Stoff überzogener Donut von meiner Freundin Julika, in dem Babys «safe» sitzen können. Falls Fiona sich entschließen sollte, in diesen Wochen sitzen zu lernen. Momentan zeigt sie noch nicht mal ein gesteigertes Interesse daran, auf dem Bauch zu liegen. Natürlich habe ich auch ein paar Bücher dabei, und meine Laptoptasche. Insgesamt haben wir Gepäck für drei Fiat Cinquecento, den Fiat Mille-Cinquecento, aber den gibt es.

Matthias stellt Fiona mit ihrer Babyschale neben den Gepäckberg und wir beide sagen erst mal nichts. Er sagt nix, weil es mal wieder so eine Aktion von mir ist, wo ich vorher nicht so hundertpro überlegt habe, aber er den Urlaub nicht gleich mit Streit beginnen will. Ich sage nix, weil ich denke: Jetzt steht das Kind gleich in der Sonne. Aber weil ich mal wieder so eine Aktion gebracht habe, bei der ich vorher nicht hundertpro nachgedacht habe, schweige ich lieber zu Fehlern von anderen, die im Vergleich eher gering ausfallen.

Matthias macht den Kofferraum auf und beginnt damit, das Untergestell des Kinderwagens reinzuschieben. Es ist zu breit. Währenddessen platziere ich Fiona aus der Sonne raus. Dann versuchen wir, das Gestell auf dem Vordersitz festzuschnallen. Aber wenn dann auf dem Rücksitz der Koffer und die Tasche sind, hat die Babyschale keinen Platz mehr. Also muss alles wieder raus. Fiona hat inzwischen angefangen, leicht zu jammern in ihrer Schale. Ich nehme sie hoch und schaukele sie etwas hin und her. Bis mich Matthias streng anschaut.

«Wir haben gerade was anderes zu tun», sagt er.

Dann pressen wir das Babybett in den Kofferraum, jetzt kann ein Koffer vorne sein und die große Tasche hinten, auf der kann ich dann neben der Babyschale sitzen, allerdings nur, wenn ich die Laptoptasche auf den Schoß nehme und eines meiner Beine über die Sitzlehne des Vordersitzes durch nach vorne strecke. Außerdem geht dann der Kofferraum nicht mehr zu. Wenn man eine Rückbank umklappt, dann passt das ganze Gepäck rein. Nur kann dann eben keiner mehr sitzen. Auch der Fahrer nicht. Gehen würde es, wenn eine Hälfte von mir auf dem Vordersitz und die andere auf der Rückbank sitzen würde.

«Und wenn ich mit dem Zug hinterherfahre?», frage ich.

Nach einer Stunde Taschen-Tetris haben wir einen entscheidenden Fortschritt gemacht: Die Räder vom Kinderwagen müssen abmontiert werden. Da hätten wir auch gleich drauf kommen können. Außerdem haben wir die Hälfte des

Inhalts der einen Tasche als Füllmaterial in die Lücken des Kinderwagenuntergestells im Kofferraum gestopft.

Erleichtert schnallen wir Fiona fest, steigen ein, schmeißen die Türen zu und fahren los. Doch beim Ausparken hören wir ein dumpfes Geräusch, das nach Zusammenstoß klingt, und dann ein Knirschen unter den Rädern. Im Rückspiegel sieht man etwas auf dem Boden liegen, das an das Babyreisebett erinnert.

«Das löst zumindest das Problem, wie wir es transportieren», sagt Matthias.

Der erste Urlaub mit Baby ist nicht untrivial, so sagen es einem jedenfalls ständig diese anderen Eltern, die man in den Krabbelgruppen und Rückbildungskursen und Instrumentenkarussell-Treffen kennenlernt. Man dürfe da auf keinen Fall zu weit weg fahren, nicht in zu heiße Gebiete, nicht in zu kalte Gebiete, nicht zu hoch über dem Meeresspiegel und schon gar nicht drunter, nicht ins Ausland, nicht zu weit weg von der Infrastruktur. Aber wir, so haben Matthias und ich beschlossen, sind ja coole Eltern. Deswegen: italienisches Bergdorf im beginnenden Sommer, direkt an der französischen Grenze, etwas über zwei Stunden von Nizza entfernt.

Das Haus, das ich von meiner Freundin gemietet habe, ist ein umgebauter Eselstall am Ende einer sehr langen Serpentinenstraße. Wie lang, das hatte ich leider vergessen. Ich war mit 16 zuletzt da, alleine mit meiner Freundin, es war unser erster Urlaub ohne Eltern und anderes Aufsichtspersonal. Wenn ich an diesen Sommer denke, denke ich immer an das unglaubliche Gefühl von Freiheit. Ich sehne mich danach, Matthias das alles zu zeigen.

Und ich hoffe, wir sind bald da, denn mittlerweile braucht Fiona eine neue Windel, aber sie schläft auch gerade so schön. Für mich gibt es in diesen ersten Monaten nichts Schöneres, als wenn sie schläft. Dieses gute Gefühl, dass man alles richtig gemacht hat, tritt sofort ein. Es weicht der Anspannung, dem permanenten Verantwortungsgefühl. Sie schläft, alles ist gut. Jetzt kann ich durchatmen, was anderes machen. Meistens schaue ich mir dann Fotos von Fiona auf meinem Handy an. Heute aber nicht, heute konzentriere ich mich auf die Schilder am Weg, und je länger der wird, desto öfter sage ich: Ach, jetzt kommt es gleich, tut es aber nicht.

Als wir endlich das Dorfschild erreicht haben, ist allen übel. Um die Stimmung zu verbessern, sage ich: «Hier rechts kommt gleich die Pizzeria.»

Aber nachdem wir um die Ecke gebogen sind, ist von einem Restaurant weit und breit nichts zu sehen. An der Stelle, wo einst die «Pizzeria della Nonna» war, steht eine Ruine mit zugemauerten Fenstern und eingestürztem Dach, einige Wände fehlen.

«Oh, die muss wohl inzwischen zu sein», sage ich.

«Das hoffe ich doch», sagt Matthias.

Wir fahren weiter.

«Gleich vor dem Dorfeingang ist ein großer Parkplatz», sage ich. «Im Dorf läuft man überall zu Fuß hin, kein Stress, kein Lärm.» Ich lächele hoffnungsvoll. Matthias aber steigt nicht drauf ein. Vor dem Torbogen, durch den es zum Dorf geht, ist allerdings kein Parkplatz mehr. Er musste einer Sammelstelle für Müll weichen. Mittlerweile ist es warm geworden, das Baby mault, Matthias mault. Wir versuchen, das Auto irgendwo anders abzustellen, aber die Straße ist so eng und so steil, dass uns das nicht gelingt. Es braucht eine halbe Ewigkeit und einen illegalen Weg durch die Weinberge, auf dem mehrere tollwütige Hunde unser Auto anspringen, bis wir endlich auf dem Hügel über dem Haus halten. Der Cinquecento wird dort nicht stehen bleiben dürfen, aber immerhin können wir das Gepäck abladen.

Julika und ich waren ein paarmal hier, vor dem Sommer der Freiheit mit ihrer großen Schwester, und dann noch mal mit Freunden. Die Sonne weckte einen morgens auf der Dachterrasse, einer machte Kaffee, der andere ging die kleine steile Dorfstraße zwischen den Häusern durch zu Vittoria, die einen kleinen Laden weiter unter im Dorf betreibt. Dort gab es alles, was man braucht, und vor allem Cornetti con Crema. Wir frühstückten gemeinsam an dem großen Steintisch im Garten, die heißen Stunden des Tages lagen wir in den Hängematten und lasen, später fuhren wir an den Strand und trafen die Giovannis und Niccolas aus dem Nachbarort, mit denen wir abends tanzen gingen. In meiner Erinnerung waren es die perfekten Ferien in einem perfekten romantischen Steinhaus.

Jetzt bin ich wieder hier, mit meinem Partner, mit meiner kleinen neuen Familie, mit unserem süßen Baby. Ich bin als Teenie gegangen, ich komme zurück als Frau und als Mutter. Der Ort ist Zeuge dafür, was ich aus mir gemacht habe. Oder so ähnlich.

Erst mal ist der Ort Zeuge dafür, dass Matthias völlig entgeistert auf den verwunschenen, verwilderten Garten vor ihm starrt. Ich merke, er will was sagen, aber er fängt sich. Mit dem Baby auf dem Arm lehnt er sich ans Auto und atmet erst mal durch. Ich mache vorsichtshalber schnell ein Foto. Mein

Baby, mein Freund, mein Auto, für die Nachwelt. Nur dass der Freund halt mies gelaunt schaut.

Wir schleppen das Gepäck den kleinen Hügel bis zum Haus hin runter. Die Treppenstufen im Boden sind nicht besonders gut befestigt, immer wieder rutschen wir ein wenig. Ich lache zugleich künstlich und nervös. Aber nicht zu laut, denn das Baby, das ich mir mittlerweile umgewickelt habe, kuschelt sich ruhig in sein Tuch und will schlafen. Als wir vor dem Haus stehen, sagt Matthias:

«Wo ist das Haus?»

«Na, hier.»

«Nee, im Ernst. Wo ist es?»

«Na ja, das ist es.»

«Was ist das?»

«Das ist unser Haus.»

«Nein, im Ernst, was ist das?»

«Es war mal ein Eselstall.»

«War?»

Offensichtlich hat er andere Vorstellungen von Romantik.

Tatsächlich war das Haus in meiner Erinnerung irgendwie großzügiger. Wir schließen die kleine Tür auf und landen direkt in der Küche. Dann laufen Matthias und ich durch die Zimmer, und er sieht dabei aus wie jemand, den man gebeten hat, Stierhoden zu essen. Im Erdgeschoss, wo Küche und Essbereich sind, ist es recht dunkel, das Bad ist mini, im ersten Stock gibt es gar kein Zimmer, sondern nur eine Ebene mit einem großen Bett, und ganz oben sind eigentlich nur ein Verschlag mit einer etwas übel riechenden Matratze und eine wunderbare Dachterrasse mit Blick aufs Meer. Dort angekommen nehmen wir uns kurz in den Arm und genießen die

Aussicht, bis Matthias sagt: «Ist das Geländer eigentlich babysicher?»

Eltern zu werden hat komplett neue Seiten in uns vorgebracht. Viele sind gut, manche sehr gut, sehr viele sind nicht so super, und eine nicht unbeachtliche Menge sind sehr, sehr mies. Am meisten überrascht hat uns die neue Ängstlichkeit. Man betritt eine Dachterrasse und sieht nicht die Perspektive aufs Meer, sondern die drohenden Gefahren, falls ein Kind hier lang läuft, ein Kind, wohlgemerkt, das noch nicht mal sitzen kann, das noch keinen Millimeter gekrabbelt ist, weil es allein das Auf-dem-Bauch-Liegen hasst und sich bis dato noch nicht einmal selbst gedreht hat.

In dem Moment wacht Fiona auf und wir haben erst mal andere Themen. Fiona ist es nämlich längst zu heiß in ihrem Tuch und sie schreit wie eine Irre. Wir wickeln sie aus, schuckeln sie durch die Gegend, wir tragen sie hin zum Fenster und wieder weg, legen sie aufs Bett, nehmen sie wieder hoch. Fast eine ganze Stunde schreit sie, und wir sind panisch, ob sie das Klima vielleicht doch nicht verträgt, ob das jetzt so bleibt, ob wir direkt wieder abreisen müssen. Aber dann hört sie auf.

«Komm, lass uns zu Vittoria gehen und einen Wein für heute Abend kaufen», schlage ich vor. «Ja, den brauchen wir jetzt», sagt Matthias.

Auf dem Weg durch die enge Steingasse kommen wir an diesen Plakaten vorbei, die in Italien als Todesanzeigen genutzt werden.

«Schau mal, hier», erkläre ich Matthias, weil eine der Sachen, die ich wirklich wirklich gerne mache, erklären ist. «Also hier ist ein Antonio Farsi gestorben, seine Familie hängt dann diese Anzeigen mit den Bildern überall in der Gegend auf, um den Verlust bekannt zu machen.» Wir gehen ein paar Schritte weiter. «Hier ist eine Nunzia gestorben.»

«Und hier eine Vittoria», sagt Matthias.

«Oh», sage ich. «Das ist aber sicher auch ein häufiger Name.» Ich gehe zu dem Plakat. «Oh, nein.»

«Heißt die Besitzerin des Ladens nicht so?»

«Ja, ich fürchte, das ist sie.» Ich überlege kurz. «Vielleicht hat der Sohn ja den Alimentari übernommen?»

Leider hat er das nicht. Da, wo Vittorias Laden war, ist noch immer die Tür offen, und vor der Tür hängt der bunte Insektenschutzvorhang, und in der Sonne sonnt sich eine schwarze Katze. Aber draußen stehen die Gemüsekisten nicht mehr, es gibt keine Eistruhe und keine Schilder mehr.

«Und jetzt?», sagt Matthias.

Wir versuchen, den nächsten Supermarkt zu googeln, aber das Netz ist zu schlecht. Wenn auch nicht schlechter als die Stimmung. Wir stromern schweigend durch das verlassene Dorf, zurück zum Eselstall.

In der Küche finden wir etwas Pasta und Olivenöl und nur leicht vertrockneten Knoblauch. «Das Einfachste ist ja oft das Beste», versuche ich einen Scherz. Puh, Matthias lacht immerhin. Während ich koche, schaukelt Matthias Fiona.

Als wir abends auf der Dachterrasse mit dem spektakulären Blick essen, begleitet von einem Glas kühlem Wasser, denke ich, der Urlaub wird schon irgendwie werden. Auch wenn es in dem Dorf keinen Laden mehr gibt, und keine Pizzeria und keinen Parkplatz, und auch wenn wir bislang überhaupt noch keine Menschenseele getroffen haben. Aber eigentlich brauchen wir ja auch nur uns, Matthias und mich, unser Baby und mein Buch. Oder?

Wir sehen uns in die Augen, Matthias streicht mir zärtlich über den Arm, das Baby gluckst in seinem aufblasbaren Security-Donut vor sich hin, die Sonne geht unter.

Und dann kommen die Mücken.

Sie kommen langsam, unbemerkt. Zuerst juckt es mich am Bein, dann kribbelt der Arm. Matthias schlägt sich einmal in den Nacken. Ich stopfe mir schnell die letzten Nudeln in den Mund. Wenn man ein Baby hat, gewöhnt man sich automatisch daran, sich Essen in den Mund zu stopfen. In den ersten Monaten war es manchmal so schwer gewesen, Fiona zum Einschlafen zu bringen (ohne direkt selber mitzuschlafen), dass ich manchmal, wenn sie endlich die Augen zugemacht hat, in die Küche gegangen bin, den Kühlschrank aufgemacht habe und mir wahllos Zeug reingeschoben haben. Wer weiß, wann man wieder die Gelegenheit kriegt.

Den Rest unserer Zeit in Italien werden wir abends drinnen essen. Ein Baby zu bekommen hat mich in Disziplinen weitergebildet, von denen ich nie geträumt hätte. Zum Beispiel Entomologie, die Lehre von Insekten. In Ligurien, so ergoogeln wir es uns, sobald wir wieder genug Netz haben, gibt es eine besondere Mückenart. Sie sind durchsichtig, winzig und geräuschlos. Sie verraten sich also nicht durch schwarze Körper oder nerviges Gesumme, man erkennt ihre Anwesenheit nur an den fiesen kleinen Stichen, mit denen sie an unserem ersten und einzigen gemeinsamen Abend auf der Dachterrasse unsere Körper überziehen.

Aber das ist ohnehin egal, denn mit der Sekunde, in der die Sonne weg ist, fängt Fiona wieder an zu schreien. Diesmal ist es aber kein Ligurienschrei, diesmal ist es der übliche Ich-bin-müüüüüüddeeeeee-Schrei am Abend. Wenn wir jetzt nicht sofort mit dem abendlichen Einschlafritual anfangen, dann Gnade uns der Gott des Schlafes.

Am nächsten Tag, als mich Fiona wie immer um sechs weckt, lasse ich Matthias schlafen, es ist sein erster richtiger Tag Elternzeit, also sein erster Tag ohne Redaktionsalltag. Ich gönne ihm die Entspannung. Ich kann ja einfach arbeiten, wenn das Baby neben mir liegt. Ich scheibe gerade ein Drehbuch, es geht darum, dass eine Frau aus Versehen eine Zeitreise macht und 1933 rauskommt. Da versucht sie dann, die Geschichte zu drehen. Sie will den Reichstagsbrand verhindern. Ich drehe auch gerade die Geschichte, und zwar die, dass Mütter immer so verkrampft sind und man mit Baby zu nix kommt. Ich nehme meine Position am Steintisch ein, lege die Laptoptasche auf den Tisch, alles ist so, wie ich es mir vorgestellt habe. Endlich Workation. Ich trage sogar das Kleid aus meiner Vision.

Nur ein winziges Detail ist anders: das Baby. Ich hatte es auf eine Decke neben mich gelegt. Sofort kommt der Hund des Nachbarn angewedelt und legt sich dazu. Die Gedanken kreisen in meinem Kopf. Ich atme ein. Ich bin eine coole Mutter. Der Hund der Nachbarn ist nicht besonders groß. Ich atme aus. Ich mag Hunde. Aber wenn man erst ein paar Monate alt ist, dann ist auch ein nicht besonders großer Hund ein Monster. Außerdem, hat der vielleicht Flöhe? Übertragen die sich auf Kinder? Aber bevor ich das klären kann, hat Fiona mit einiger Verzögerung den Hund entdeckt und ich schnappe sie mir. Okay, ich bin halt keine coole Mutter. Kein Problem, es gibt ja noch die Dachterrasse. Ich packe den Laptop wieder ein, und mein Glas und das schreiende Baby, und schleppe alles hoch in mehreren Durchgängen, ohne dass Matthias wach wird. Aber oben auf der Dachterrasse gibt es keinen Schatten und der Tisch wackelt, was ich allerdings erst feststelle, als ich das Baby endlich beruhigt habe. Ich stelle den Sonnenschirm auf, aber das Baby quengelt in seinem Donut, die Fliesen sind schon zu heiß. Vermutlich holt es sich Verbrennungen?

Ich packe also wieder alles zusammen und gehe die Treppe runter, die so gebaut ist, dass man nur in Limbo-Haltung runterkommt, und schleppe alles in die Küche, aber da mault Fiona auch, wenn ich sie ablege.

Ich habe in einem Buch gelesen, dass Kinder am Anfang ihres Lebens glauben, der Körper der Mutter sei ein Teil von ihnen. Sie können noch nicht unterscheiden zwischen «Mama» und «ich». Nach fast sechs Monaten, die ich ununterbrochen mit diesem Baby verbracht habe, muss ich sagen: Das gilt auch andersrum. Ich will arbeiten, denke aber, der Körper des Babys ist ein Teil von mir. Ich bin, wie ich merke, völlig unfähig, mich von diesem neuen Körperteil zu trennen. Ich versuche es, aber es ist so, wie sich ein Bein abzuhacken. Kinder zu bekommen ist total körperlich, das wusste ich, aber wie körperlich es ist, wird mir jetzt erst so richtig klar. Überhaupt ist mein Körper seit Monaten wie auf Drogen: Hellwach und todmüde gleichzeitig, und das rund um die Uhr.

Gegen elf, Fiona und ich liegen gerade in der Hängematte, kommt Matthias verschlafen in den Garten, der leider nicht mehr ganz so groß ist wie früher, weil die Nachbarn einen Teil des Grundstücks gekauft haben und dort jetzt Ziegen halten, weswegen wir auch nicht auf dem Steintisch im Garten frühstücken, aber das nur nebenbei.

«Habt ihr schon gefrühstückt?», fragt er.

«Ich wollte gerade anfangen zu arbeiten», sage ich.

«Ach komm, lass uns mal zum Strand fahren, da finden wir sicher ne Bar oder so», sagt er, «sonst wird es auch zu spät.»

«Zu spät für was?»

«Na fürs Eröffnungsspiel.»

«Was für ein Spiel?»

«Na, EM. Ich hab doch die Elternzeit extra so gelegt, dass ich die Spiele schauen kann.»

Hatte ich erwähnt, dass man sich als Eltern von ganz neuen Seiten kennenlernt? Mir war zwar bewusst, dass Fußball ein großes Thema in Matthias' Leben war, aber das Ausmaß hatte ich unterschätzt. «Bist Du da nicht ausgeflippt?», haben mich später Freundinnen gefragt, wenn ich das erzählt habe.

Ja, klar, im Nachhinein wäre ich sehr gerne ausgeflippt, aber in der Situation war ich eher damit beschäftigt, das Baby zu wickeln und zu stillen und einzucremen und rumzuschaukeln und rumzutragen und daran zu denken, dass die extra sensitiven Feuchttücher leer sind und ich keinen Bananenbrei in den Haaren oder auf der Leggins habe, dass ich nicht auch noch Bock hatte, mir eine Diskussion über Fußball an die Backe zu binden.

Auf jeden Fall bestimmt von da an die EM unseren Tagesablauf. Die Nachmittagsspiele schaut Matthias mit uns in der Strandbar, die Abendspiele schaut er alleine auf dem Dach mit einer Mückenspirale und Zigaretten, ich gehe um sieben mit dem Baby ins Bett, weil ich ja auch um sechs mit ihm aufstehe. Und weil ich Fiona beschütze vor allen Gefahren der Fauna, Flora und eigener Motorik. Weil wir ja kein Babyreisebett mehr haben und ich zu viel Sorge habe, sie im Bett alleine liegen zu lassen. Das hat zur Folge, dass ich nach dem Abendschrei-Ritual einfach liegen bleibe und dann den ganzen Abend damit verbringe, mit meiner neuen Freundin Giorgia über die ganz großen Fragen des Lebens zu chatten.

«Heute fast gar nicht geschrien.»

«Wie verträgt sie die Sonnencreme?»

«Luis hat heute zum ersten Mal gelacht.»

«Wahnsinn, einfach so?»

«Mag sie das Meer?»

«Mag er Banane?»

«Sie schläft jetzt nur noch zweimal am Tag.»

Ich habe Giorgia im Rückbildungskurs kennengelernt. Sie ist Italienerin, aber wir kommunizieren auf Englisch, weil wir uns im englischsprachigen Rückbildungskurs kennengelernt haben, der war erst um elf. Die auf Deutsch schon um neun. Um neun sind ich und Fiona in den ersten Monaten aber immer gerade noch mal eingeschlafen.

Giorgia und ich sind besessen von denselben Themen, wir kreisen um unsere Kinder wie Satelliten, beobachten jede Regung, im Schutz der Dunkelheit tauschen wir uns bis spät in die Nacht über die allerkleinsten Details aus. Details, die im ersten Jahr die Welt bedeuten und die man hinterher komplett vergessen hat. Details, bei denen es einem peinlich ist, dass sie einen so bewegen, und man es nie zugeben würde, wenn nicht gegenüber anderen Müttern von Babys. Giorgia rettet mich in dieser ersten Zeit. Es tut so gut, jemanden zu haben, der in genau demselben Irrsinn steckt.

«Heute gab es Abendbrei, Gamechanger.»

«Echt, wie habt ihr den gemacht?»

«Gekauft.»

Giorgia schickt ein verwackeltes Foto vom Brei-Gläschen.

«Brauchst Du auch. Er schläft seit acht.»

Ich schicke ein ebenso dunkles, verwackeltes Foto von den fetten Stichen auf Fionas Babybeinchen zurück. Mittlerweile haben sich rote Flecken um die Einstiche gebildet. «Was ist das?», schreibe ich. «Muss ich zum Arzt?»

In diesen ersten Monaten stehen hinter allem die großen Fragen, ist das gut, ist das richtig, ist das normal, müssen die das jetzt können? Bin ich eine gute Mutter, ist das Kind gesund, muss ich mir Sorgen machen? Dafür brauche ich eine Giorgia. Gemeinsam googeln wir uns Diagnosen zurecht, checken Meinungen anderer Mütter in Chatgruppen, erzählen uns, was die jeweils andere Mutter geraten oder gesagt hat.

Wenn ich erschöpft von den vielen neuen Informationen über Fiona und Luis, über Kopfkontrolle, Hand-Augen-Koordination, Beikost und Sitzversuche einschlafe, sitzt Matthias noch ganz selbstständig auf der Terrasse. Wir geraten in eine Zeitverschiebung. Ich stehe morgens immer mit dem Baby auf, und wenn Matthias aufwacht, ist es schon so spät, dass wir direkt an den Strand fahren. Und weil wir beide gerne die Gegend erkunden, fahren wir jeden Tag etwas länger zu irgendeinem anderen Strand, an dem dann Matthias auf der Liege liegt und liest, und auf mir liegt das Baby. Man kann uns übrigens gut als Paar erkennen, denn wir cremen uns in diesem ersten Urlaub mit Baby alle drei mit Fionas Baby-Sonnencreme ein und haben folglich alle drei dicke weiße Paste überall auf der Haut. Wir sehen aus wie Ganzkörperclowns, aber irgendwie kommen wir nie dazu, Erwachsenensonnencreme für uns zu kaufen. Ist zu viel los.

Manchmal schnappt Matthias sich Fiona und rennt mit ihr in die Wellen, manchmal sitzt er mit ihr am Strand und beobachtet das Meer. Und statt dann endlich was zu lesen, mache ich schnell Fotos. Hinterher in den Fotoalben sieht das dann alles nach entspanntem Urlaub aus.

Ich dachte immer, dass der erste Urlaub mit Baby nur in Bezug auf Babyfragen stressig werden könnte. Also, dass es zum Beispiel dem Baby zu heiß oder zu kalt oder zu laut oder zu leise sein würde und dass das Baby dann nur schreit. Dass es auf irgendetwas komisch reagiert und in seiner Entwicklung gestört wird. Dass es entweder gar nicht schlafen kann oder vielleicht sogar zu viel schläft, sodass es nicht genug trinkt. Irgendwas in der Art.

Tatsächlich ist das Baby in diesem Urlaub total relaxed. Unentspannt sind wir, die Eltern, die sich noch nicht daran gewöhnt haben, Eltern zu sein. Auf jeden Fall noch nicht gemeinsam, wenn gleichzeitig ein Buch geschrieben und eine EM geschaut werden muss. Wenn der eine allein sein will und der andere mehr zu zweit.

In den ersten Tagen ist es besonders wild. Wenn Matthias aufsteht, habe ich schon fünf Stunden Babybespaßung hinter mir. Dann habe ich schon Murmeln über Steine rollen lassen, natürlich solche, die sie nicht verschlucken kann, dann habe ich dreimal gewickelt und Brei gemacht und Geschirr gespült und Lieder gesungen. Dann begrüße ich ihn nicht mit «Guten Morgen, Liebling», sondern mit «Ach, auch schon wach?»

Wie so viele Paare sind wir durch die Geburt unseres Kindes in Rollen gefallen, die uns nie jemand vorgelebt hat. Mir zumindest nicht.

Oder wenn, dann nur auf Instagram. Wo immer alles easy ist und Mütter diese megakreativen Frauen, die alles gleichzeitig wuppen und mit Ausstechformen aus dem Pausenbrot einen Pandabär basteln, während sie schon den Kids-friendly-Gourmet-Pizzateig aus Dinkelmehl gehen lassen und dabei noch die Foundation fleckenlos aufgetragen haben, damit sie auch bei ihrer Mini-Aufräum-Party nach mühelos edukativem Spaß aussehen.

Die, nachdem das Kind eine Stunde wie am Spieß geschrien hat, in der ersten Sekunde, in der Stille eingetreten ist, ganz liebevoll die kindlichen Emotionen spiegeln. «Bei mir kommt an, dass Du wütend bist.»

Aber bei mir kommt in diesen ersten Monaten mit dem Baby nicht viel mehr an, als dass ich dringend schlafen will. Ich habe überhaupt keine Energie, mich auch noch mit Matthias' Vaterrolle auseinanderzusetzen.

Nach ein paar Tagen erwischt uns der Urlaubsmodus. Ich gewöhne mich ans Tutti-Mutti-Sein, Matthias benimmt sich etwas weniger wie eine flüchtige Urlaubsbekanntschaft, die zufällig in derselben Absteige untergekommen ist. Wir gehen abends essen, lassen unsere Tochter bestaunen, wir bummeln durch kleine Städtchen. Manchmal, bevor wir an den Strand fahren, liegen wir einfach zu dritt im Bett und Matthias liest mir Henry James, The Europeans, vor.

Als wir nach sechs Wochen wieder nach Hause kommen, haben wir den gesamten Folgemilch-Vorrat wieder im Gepäck, wir werden ihn ein Jahr später wegschmeißen. Fiona hat keinen Tropfen fremdgesaugt. Ich habe nicht ein Wort getippt. Es war immer etwas zu tun, ein neuer Strand zu entdecken, ein neues Dorf zu erkunden, eine neue Pizzeria zu testen. In dem Bergdorf waren wir nur zum Schlafen. Aber dafür haben wir als Familie ganz viele Sachen erlebt. Dafür waren wir alle dabei, als das Baby sich das erste Mal gedreht hat – von seiner Decke auf die Fliesen der aufgeheizten Dachterrasse. Als Fiona am Strand von Diano Marina Sitzen gelernt hat, ohne mit dem Gesicht in den Sand zu fallen wie die tausend Male davor. Als sie auf Matthias' Schoß in Porto Maurizio ihr erstes Himbeereis gegessen hat.

Und in diesem Urlaub, da bin ich sicher, haben wir ganz entscheidende Erfahrungen gesammelt. Beim nächsten Mal wird es besser. Da fahre ich mit meinen Eltern weg.

2. VERSUCH

STILLEN IM BEICHTSTUHL – WARUM GROSSELTERN ALS BABYSITTER ÜBERSCHÄTZT SIND

DIE THEORIE: *Ich wache auf. Es ist schon spät, fast halb zehn. Die Sonne des Südens scheint schon durch das offene Fenster, die Gardine weht in der Brise leicht auf. Ich rieche das Mittelmeer. Ich drehe mich um, ich bin alleine in meinem großzügig gestalteten Zimmer in unserer pittoresken Ferienwohnung direkt am Strand. Die Kleine ist nachts unbemerkt rüber in den Westflügel zu ihren Großeltern ins Bett geschlüpft. Meine Mutter kommt ins Zimmer, in ihrer Hand eine Tasse dampfender Kaffee.*

«Frühstück ist fertig», sagt sie. Sie lächelt und legt mir die Zeitung aufs Bett. «Aber lass Dir ruhig Zeit. Papa und ich sind am Wasser mit deiner Süßen.»

Ich höre Fiona aus der Küche glucksen. Ich werde jetzt erst mal etwas lesen. Später mache ich Yoga.

DIE PRAXIS: Ich wache auf, weil ich meinen Vater fluchen höre. Ich schiebe Fiona sanft zur Seite, das ausgeklappte Schlafsofa knirscht, hoffentlich weckt das Geräusch das Baby nicht auf. Durch die massiven Wände dringt die Stimme meines Vaters leicht gedämpft, aber durchaus verständlich. Ich gehe Richtung Küche, das Schimpfen wird lauter.

«Was ist das denn für ein herrgottverdammter Mist hier», flucht mein Vater und hackt mit den Fingern auf den Laptop, dass man sich bei Steve Jobs entschuldigen möchte.

«Was ist denn los, Papa?», frage ich und reibe mir die Augen.

«Ach, dieser Computer ist einfach zu blöd. Ich kriege hier dieses Ding nicht gefummelt.»

«Aha», sage ich.

Man muss nicht alles verstehen, was mein Vater zum Thema PC so äußert.

«Soll ich mal schauen?»

«Mach doch lieber erst mal deiner Mutter einen Kaffee, die wacht sicher gleich auf.» Gute Idee, ich will ja selber dringend einen.

Wir sind in Italien. Die letzten Wochen waren hart, Fiona ist anderthalb, sie hat noch mehr Zähne bekommen, sie war maulig, weinerlich, hat schlecht geschlafen. Ich natürlich auch. Irgendwann habe ich meine Eltern angerufen und gesagt: «Können wir was zusammen machen? Ich muss hier mal raus. Ich brauche eine Pause.»

«Ja, klar, wir helfen gerne», sagte meine Mutter sofort. «Papa und ich kümmern uns um die Kleine und Du kannst entspannen.» Ich war etwas überrascht, es klang nicht nach meiner Mutter. Aber ich glaubte ihr.

«Jule, bist Du das?», ruft meine Mutter jetzt aus dem Schlafzimmer. In dem Moment kräht Fiona vom Schlafsofa im Wohnzimmer. Ich hole sie, dann bringe ich meiner Mutter einen Kaffee. Moment, das sollte doch eigentlich andersrum sein? Sollte nicht sie mir ...

Sie lächelt mich an. «Na, gut geschlafen?»

«Nana», sagt Fiona.

Meine Mutter lächelt zufrieden.

«Wir haben nicht besonders geschlafen, es war tierisch hell

im Wohnzimmer, vor dem Fenster ist direkt eine Laterne, die leuchtet jede Hautpore aus», sage ich.

Meine Mutter nickt. «Wie schön», sagt sie. Sie hat gar nicht hingehört, sie spielt mit Fiona, die ich auf ihr Bett gesetzt habe.

«Na, kleine Fiona», sagt sie. Fiona gluckst.

«Hast Du heute mal Lust, nach Savona zu fahren?»

«Savona?», schalte ich mich ein. «Hast Du eine Idee, wie weit das ist? Ich dachte, wir gehen einfach mal an den Strand.»

«Wirklich?», sagt meine Mutter und schaut mich streng an. «Das ist doch langweilig.»

Irgendwas hat an der Kommunikation mit den Großeltern nicht geklappt. So ganz generell, und zwar auch schon seit längerer Zeit. Ich finde, so oft, wie sie mich mit dem Thema Enkelkind belabert haben, habe ich eigentlich ein Anrecht darauf, dass sich durch die Geburt ebenjenes Enkelkindes bei meinen Eltern ohne Verzögerung ihre Transformation von vielseitig interessierten, reisewütigen und vergnügungssüchtigen Rentnern in kostenlose, komplett anspruchslose Babysitter vollziehen würde.

Gut, ich habe mich da eventuell auch selbst in eine blöde Position reinmanövriert, denn Fiona ist Enkelkind Nummer sechs. Als sich ihre Geburt ankündigte, kamen meine Eltern, wie bei allen anderen Enkelkindern, von Köln nach Berlin gereist. Aber statt blass betend im Gang vor dem Kreißsaal zu warten, tranken sie fröhlich bei meiner Schwester. Sie kamen am Morgen, um das Enkelkind zu bewundern, aber am Abend hatten sie Premierenkarten für die Schaubühne. Das erste Mal in Fionas Leben, dass sie ohne mich war, geschah deswegen, weil meine Eltern endlich mal wieder mit mir essen gehen wollten. Also passten die Cousinen auf das drei Monate alte Baby auf. Ich ging also nicht MIT MEINEN FREUNDEN aus, während meine Eltern aufpassten, sondern halt mit meinen Eltern.

Aber all das war nur ein Vorgeschmack auf den Urlaub in Italien. Es ist Ende Mai, warm genug, um am Strand zu sein, aber noch zu früh für die Touristenmassen. Wir sind jetzt seit drei Tagen in einem Ort, der die idealen Voraussetzungen für die Oma-Morphose bietet, aber bei meiner Mutter spüre ich nicht die geringste Veränderung.

«Verdammt noch mal», flucht mein Vater wieder aus der Küche. Mit Fiona auf dem Arm gehe ich zu ihm.

«Lass mich mal schauen, Papa.» Ich schließe zweihundert sinnlos geöffnete Fenster, während ich Fiona davon abhalte, mit ihren Händchen in die Tastatur zu greifen. Meine Mutter kommt in die Küche.

«Ist das gut, wenn sie schon so früh auf den Bildschirm schaut?», fragt sie. Jetzt schaue ich sie streng an.

«So, was würdet ihr denn gerne heute machen?», fragt mein Vater.

«Also, ich hätte Lust auf Strand», sage ich noch mal. Diesmal ist mein Vater dabei, der verteidigt mich vielleicht. Meine Mutter schweigt.

«Wirklich?», fragt mein Vater und schaut meine Mutter an. «Man könnte ja auch mal einen Ausflug machen, oder?»

«Mal?», lache ich leicht verzweifelt.

Ich mag meine Eltern. Nein, ich liebe sie. Ich verbringe wahnsinnig gerne Zeit mit ihnen. Zumindest, seit ich erwachsen bin. Mit 13 war einer meiner dringendsten Wünsche, dass niemand erfahren solle, dass ich Eltern habe. Sie waren peinlich, sie waren der weithin sichtbare Beweis, dass man selbst noch ein Kind war. Dann wurde ich älter und konnte immer mehr mit meinen Eltern anfangen. Man kann gut mit ihnen ausgehen, man kann stundenlang mit ihnen diskutieren. Man kann sehr gut mit ihnen Urlaub machen, die Gegend erkunden und sehr viel Rotwein bis spät in die Nacht trinken. Nur als Großeltern taugen sie nix.

«Schaut mal, hier», sagt mein Vater und hackt wieder auf seinem Laptop. «Colla Micheri, das klingt doch gut.»

«Aber hier ist es doch auch schön», sage ich. «Wir waren noch nicht einen Tag am Strand.»

«Das können wir doch immer noch», sagt meine Mutter. «Lass uns doch mal was erleben.»

Ich seufze. Ich hatte das eigentlich idiotensicher eingefädelt. Alessio ist eine malerische kleine Stadt in Ligurien. Es gibt hier alles, was man braucht. Auf dem «Budello», der kleinen Straße, die sich durch die Altstadt schlängelt: Restaurants, Cafés, Geschäfte, Alimentari. Es gibt den Molo, den man auf und ab laufen kann. Es gibt den Muretto, einen Mauerstreifen voller Kunstwerke. Es gibt wunderschöne Parks und, na ja, es gibt: den Strand!

Ich habe eine Wohnung direkt im ersten Stock an einer der schönsten Strandpromenaden Italiens gemietet. Man kann von seiner Liege, von der ich hoffte, meine Eltern würden sie mit meinem Kind beziehen, einfach nach oben durchs offene Fenster in unsere Wohnung rufen. Da, wo ich hoffte, jeden Tag ausschlafen zu können. Ich hatte extra noch nicht mal einen Mietwagen klargemacht, damit wir gar nicht erst in Versuchung kämen, den Ort zu verlassen.

«Wie sollen wir denn da hinkommen?», sage ich. «Ohne Auto.»

«Kein Problem, ich habe uns schon ein Taxi bestellt», sagt mein Vater. «Mit Kindersitz. Aber jetzt sollten wir erst mal frühstücken.»

Immerhin, er hat den Tisch schon gedeckt. Auf meinen Vater ist Verlass.

Der «Kindersitz» im Taxi ist allerdings eine Sitzerhöhung. Fiona ist knapp über ein Jahr alt, sicher ist etwas anderes. Mein Vater winkt ab, na ja, so präzise sei sein Italienisch halt nicht. Aber als wir klein waren, gab es ja so was sowieso alles noch gar nicht.

«Va bene, va bene, Signora», sagt der Taxifahrer beschwichtigend zu mir.

«Va bene», sagt mein Vater.

«Va bene», beschließt meine Mutter und steigt ein.

«Scordatelo», sage ich. Leider bin ich mir in dem Moment nicht sicher, wie die zweite Person Plural von «Vergiss es» ist, aber es geht ja ohnehin vor allem an die Adresse meiner Mutter. Immerhin ist es ihre Ausflugswut, die uns hierhergebracht hat. Nach längerer Diskussion fährt der Taxifahrer auf unsere Rechnung zurück zur Zentrale und holt einen richtigen Babysitz. In der Zwischenzeit singt meine Mutter für Fiona das «Wie das Fähnelein im Winde»-Lied, was mich wieder versöhnt. Hier ist sie, die *quality time* von Oma und Enkelin.

Der Fahrer kommt zurück, und jetzt können wir alle einsteigen. Allerdings dauert die Fahrt nur ein paar Minuten, kurz hinter der Kurve einer besonders schwungvollen Serpentine hält der Fahrer an und sagt: «Von hier aus gehen Sie am besten zu Fuß.»

«Bitte?», sage ich und schaue an den Felsen hoch. «Wie lange dauert das denn?»

«Höchstens eine Stunde», sagt er. «Sie sind ja sicher etwas langsamer mit dem Kind. Aber unterwegs die Gegend ist wunderschön.»

Wir steigen aus. Der Weg, vor dem wir stehen, ist steil und besteht aus groben Steinen. Es ist komplett undenkbar, dass ich den Kinderwagen da hochkriege. Ich drehe mich um, reiße den Arm hoch und hoffe, ich kann dem Taxi-Fahrer noch bedeuten, er soll umkehren.

Aber meine Eltern lachen nur. «Komm, jetzt sind wir einmal da, das schaffen wir schon.»

«Und der Kinderwagen?»

«Klapp ihn doch einfach zusammen», schlägt meine Mutter vor, und dann nimmt sie Fiona an die Hand und sagt: «Na komm, los geht es.»

«Mama», sage ich, «sie ist 18 Monate alt, sie fängt gerade erst an zu laufen. Und Du willst ihr Bergsteigen beibringen?»

Natürlich wird es meiner Mutter schon nach kurzer Zeit zu beschwerlich mit den Mini-Kinderschritten. Mein Vater hilft mir eine Zeit lang mit dem Kinderwagen, aber dann wird ihm das zu anstrengend, und irgendwann vergessen meine Eltern den lästigen Rest der Familie und stürmen zu zweit Richtung Gipfel. Ich entwickele eine besondere Fortbewegungsmethode: Ich trage Fiona ein Stück, dann setze ich sie ab, laufe zurück und hole den Kinderwagen. Fiona findet es wahnsinnig lustig. Immer, wenn ich sie absetze, versucht sie ein paar eigene Schritte über die glatten runden Steine mit ihren Frodo Barefoots zu gehen, aber immer wieder rutscht sie ab, dann wirft sie sich auf den Boden und leckt einen der sehr staubigen Steine an. Was mich dazu bringt, noch etwas hektischer und schneller meinen Solo-Staffellauf mit Kinderwagen zu machen. Zwischendurch rede ich beruhigend auf sie ein. «Schätzchen, das ist doch baba, lass das bitte. Das schmeckt ja gar nicht.»

Fiona lacht und leckt noch begeisterter. Ich scheine genau das Gegenteil zu erzielen. Also versuche ich zwischendurch, beide zu tragen, aber das ist zum Scheitern verurteilt.

Als ich endlich oben ankomme, sehe ich sofort meine Eltern. Sie sitzen bestens gelaunt an einem übel windschief aussehenden Tisch vor einer sehr provisorisch aussehenden Bar ganz am Ausläufer einer Terrasse, die so wirkt, als würde sie gleich in die Tiefe stürzen, und nippen glücklich an ihrer zweiten Runde Campari Spritz.

«Also schau doch mal hier, das hat sich doch wirklich gelohnt. Das ist doch sehr beeindruckend», sagt meine Mutter.

Beeindruckend, ein größeres Lob gibt es nicht aus ihrem Munde. Und tatsächlich ist der Blick aufs Meer spektakulär. Allerdings windet es so stark, dass meine Eltern die ganze Zeit ihre Kelche festhalten müssen und Fiona sofort anfängt zu quengeln.

«Wir haben für Fiona eine Limo bestellt», erklären meine Eltern.

«Mama, sie ist anderthalb!»

«Limo», sagt Fiona. In dem Alter wächst der Wortschatz ja so rasant.

In dem Moment kommt der Besitzer der Bar und ruft: «Finalmente!»

Er begrüßt uns so stürmisch, als seien wir lang vermisste Verwandte aus Amerika. Besonders über Fiona kann er sich gar nicht einkriegen, er lobt sie so laut und überschwänglich, dass kurze Zeit später auch seine Frau angelaufen kommt, um das Wunder zu sehen.

Junge Eltern, die sich überfordert und alleine fühlen, die denken, so ein Kind ist bei aller Liebe und Glück ja doch 'ne sehr große Menge undankbarer Arbeit, denen sei der Weg nach Italien empfohlen. Schon als wir mit der sechs Monate alten Fiona hier waren, haben wir das gemerkt. Egal wo wir hinkamen mit dem blond gelockten Engelchen, es scharten sich Menschen um uns. In jedem Restaurant wird man begeistert begrüßt, so als habe man das Jesuskind an Bord. Gäste wollen bitte schön das ganz genaue Alter wissen und den Namen sowieso, und wenn man ihnen beides verrät, dann sind sie so entzückt, als habe man sie in ein großes Geheimnis eingeweiht.

Fiona! Was für ein schöner Name! Was für ein großartiges Alter! Und selbst wenn das Baby absolut gar nichts anderes kann als gucken, dann wird eben diese Fähigkeit ganz besonders gelobt. Also wie sie gucken kann! Unglaublich, Giulio, hast Du das gesehen? Das musst Du sehen! Ach, herzlichen Glückwunsch.

Am Strand wird man gefeiert wie ein Star. Ein Mädchen? Toll. Oh, schaut mal, wie sie nach den Wellen schaut. Oh, jetzt hat sie meine Stimme gehört! Oh, schaut mal nur diese Fingerchen! Einmal im Supermarkt hat eine Frau Matthias darum gebeten, Fionas nacktes Füßlein küssen zu dürfen. Sie war ganz aus dem Häuschen. Irgendwann glaubt man dann tatsächlich, man habe da eine ganz besonders wichtige Aufgabe, die man ganz besonders gut macht.

Auch hier am Rande dieses verlassenen Bergdorfs stürmen eine Menge Leute herbei, um Fiona zu bestaunen. «Blond!

Blond wie die Mama!», wird allenthalben beschlossen, dabei habe ich dunkelbraune Haare. Ich bitte den Wirt, ein Foto von uns zu machen. Auch wenn ich das jetzt gerade nicht so empfinde, so sieht das doch vielleicht später aus wie ein Foto von einem Urlaub, in dem man total entspannt über der Steilküste mit seinem Campari Spritz saß. Der Ort, an dem Fiona das schöne Wort «Limo» gelernt hat. Tatsächlich lache ich auf dem Foto, allerdings kann man mein Gesicht kaum sehen, weil der Wind mir die Haare vor die Augen geweht hat, mein Vater hat sich den Kragen hochgestellt und Fiona ist in eine Strickjacke gewickelt.

Aber zu lange sind wir dem Wind dann ohnehin nicht ausgesetzt, weil meine Mutter beschließt, dass man sich die Sehenswürdigkeiten der Gegend anschauen müsse. Das findet die Bargemeinde auch. In Colla Micheri gibt es eine Kirche, *molto famosa*, die ein Papst, der vor 200 Jahren verstorben ist, mal auf der Durchreise besucht hat, *anche lui molto famoso*. Natürlich geht es dahin weiter über die kleinen Gassen mit den kugeligen Steinen, die so charakteristisch für die Gegend und so absolut unpassierbar für einen Kinderwagen sind. Aber diesmal bietet der Wirt an, meinen Buggy zu beherbergen, die Kirche, die müsse man wirklich gesehen haben.

Das hätte er gar nicht sagen müssen. Keine Kirche auf der Welt, keine Kathedrale, keine Kapelle, sei sie auch noch so klein und unscheinbar, baufällig oder scheußlich, ist vor der Begeisterung meiner Mutter sicher.

«Guck Dir mal dieses Bild an, eindrucksvoll, oder?», ruft sie und stürzt an den Altar. Die Geste der Hand einer Heiligenstatue, eine Blume am Bildrand, ein Detail an der Kirchenbank, ein Grabmal, ein Stein in der Wand, auf dem Boden, völlig egal. Alles muss genau begutachtet und kommentiert werden. Kirchen, die völlig zurecht komplett unbekannt sind, werden in der Betrachtung meiner Mutter Schätze der Kunstgeschichte.

Eine meiner deutlichsten Erinnerungen an die Italienurlaube meiner Kindheit ist das Gefühl der kalten, harten, hölzernen Kirchenbanken, auf die ich mich gelegt habe, während ich wartete, dass meine Mutter die Sakralbauten fertig inspiziert hatte. Als Teenager habe ich mir mal gewünscht, dass meine Familie und ich an einer weltbedeutenden Kathedrale vorbeigehen, eine, in der noch nie jemand war von uns. Dass wir sie keines Blickes würdigen und stattdessen das Fernsehprogramm des Abends besprechen. Aber mit meiner Mutter kann man einfach nicht entspannt *Emergency Room* schauen. Sie ist Internistin und schaltet bei Sendeformaten mit Medizinern immer ihre Korrekturschleife an.

«Null negativ über Druckinfusor? Dass ich nicht lache.»

«Als würde man bei einer Herzbeuteltamponade jetzt nicht sofort handeln müssen. Los, macht schon.»

George Clooney ist für sie «ein Zigarettenschönling». Sobald der im Bild auftaucht, sagt sie: «Ich verstehe nicht, was ihr an dem findet. Euer Vater sieht viel besser aus.»

Der Wunsch, über ein abendliches Fernsehprogramm zu reden, wird mir auf ewig unerfüllt bleiben.

Einmal, Fiona war da gerade mal acht Monate alt, sind wir nach Xanten gefahren, um den Dom dort zu besichtigen. Der Xantener Dom zeichnet sich dadurch aus, dass er im Unterschied zur gängigen Kirche nicht einen oder meinetwegen auch drei Altäre hat. Nein, er hat Hunderte. Auf jeden Fall fühlt es sich so an, wir gingen rund und rund und rund, und mir war schon ganz schwindelig. Irgendwann wurde ich nervös, weil Fiona immer unruhiger wurde und ich wusste, sie hat Hunger.

«Mama», sagte ich, «wollen wir dann langsam mal ...»

«Besonders beeindruckend», sagte meine Mutter, «sind ja die Glasfenster.»

Ich guckte erschrocken hoch. Die ganze Kirche war voller Glasfenster. Sie waren überall. «Das willst Du doch sicher auch sehen?»

Meine Mutter ist nicht der Typ für Widerspruch. Fiona nur leider auch nicht. Sie fing an zu krähen, die Milch schoss ein. Die ersten Touristen schauten sich schon um. Ich überlegte, ob es irgendwo eine ruhige Ecke geben könnte.

«Glaubst Du, es gibt ein Stillcafé in Xanten?», fragte ich meine Mutter.

«Ein was?»

Fiona krähte. Langsam wurde der Druck in der Brust nicht mehr zu ertragen, eine Minute länger und ...

«Vergiss es», sagte ich zu meiner Mutter und verschwand im Handumdrehen im nächstbesten Beichtstuhl. Dort zog ich blank und legte Fiona an. Ein Priester ging vorbei und versuchte, mir durch das Gitter einen möglichst kritischen Blick zu werfen. Aber näher ran traute er sich Gott sei Dank nicht. Auch meiner Mutter habe ich bisher nicht von der Zweckentfremdung des Beichtstuhls gebeichtet. Nicht wegen des sakralen Ortes, sondern wegen des Stillens an sich.

Meine Mutter hat uns natürlich nicht gestillt. Das war nicht in, als meine älteste Schwester geboren wurde, und es hielt sich über die mittlere bis zu mir. Beziehungsweise ich glaube, sie hat das einfach bei der Ersten so gemacht, weil das Stillen schwierig war, und dann beschlossen, dass es einfach nicht ihr Ding war. Außerdem war man ja kurz nach der Mondlandung, okay, es war schon etwas später, als meine Schwester geboren wurde, stolz auf das Milchpulver, die Ernährung mit dem Fläschchen galt als das Gesündeste überhaupt. Außerdem bedeutete es, dass man das Fläschchen auch dem glücklichen Vater in die Hand drücken konnte. Meine Mutter hat uns auch deswegen nicht gestillt, weil ihre eigene Mutter sie so genervt hat damit, wie leicht bei ihr das Stillen war und wie viel Milch sie hatte. Und weil es bei ihr beim ersten Kind nicht geklappt hat. So ist das mit Müttern. Man macht es immer anders als die eigene Mutter und fühlt sich damit überlegen. Natürlich ist man beleidigt, wenn die Tochter es einem nicht nachmacht.

Und um ehrlich zu sein, mache ich die allermeisten Sachen tatsächlich so, wie meine Mutter das vorgelebt hat. Auch zum Beispiel das ständige Kirchenbesichtigen.

«San Sebastiano», sagt meine Mutter anerkennend, als wir schließlich in San Micheri vor dem unscheinbaren Backsteinbau stehen. Fiona popelt ein bisschen Unkraut zwischen den Steinen hervor und steckt es sich in den Mund. «Hm», sagt sie und schaut so glücklich, dass ich es ihr nicht sofort wieder hervorpopele, obwohl ich gerne möchte. Mein Vater hat natürlich einen Reiseführer in seiner Jackentasche, den er jetzt hervorzaubert und aus dem er vorliest, aus welcher Zeit und Gegend diese Steine stammen. Meine Eltern sind so Typen, gegen die Veranstaltungen der Büchergilde Gutenberg oder Studiosus Reisen wie das Dschungelcamp wirken.

«Das sind ja hier alles alte Römerstraßen», sagt mein Vater. Meine Mutter lauscht andächtig.

«Die waren vermutlich ohne Kinderwagen unterwegs», sage ich. «Mist, wo ist der eigentlich?»

Meine Eltern ignorieren mich. Ich war ein sehr nerviges Kind, das ist bei ihnen längst ganz natürlich. Sie gehen in die Kirche auf der Suche nach der Statue vom Heiligen Sebastian.

«Schau mal, diese beeindruckenden Kirchenbänke», sagt meine Mutter, als Fiona und ich hinterherkommen. Sie zeigt auf braune Holzbänke, an denen ich beim besten Willen nichts Besonderes sehen kann. «Und diese Fenster.»

Dann schleppt sie Fiona ab und erklärt ihr die Geschichte vom Heiligen Sebastian. Nun gut, das versteht Fiona eh nicht. Auch den Marienaltar muss Fiona bewundern. Meine Mutter schaut sie eindringlich an und sagt immer wieder: «Maria.»

«Ia», sagt Fiona. Es scheint zu reichen.

Eine Stunde später, da ist Fiona bereits wieder eingeschlafen, beschließen meine Eltern, dass man doch sehr gut hier in diesem schönen Ort auch Abendessen könnte.

«Aber morgen», sage ich, «morgen machen wir dann mal einen Tag am Strand.»

«Ja, ja», sagt meine Mutter.

Aber ich glaube ihr nicht.

Großeltern, das sind doch die, die sich liebevoll und rund um die Uhr um die Enkel kümmern. Die Kuchen backen, kochen und IMMER mit den Kleinen Spaß haben, das liest man doch überall. Sie sollen einen besuchen und dann putzen und waschen und kochen, wie kleine Wichtel. Geräuschlos. Dankbar. ‹Wie schön, dass wir ein Teil Deiner neuen Familie sein dürfen› – das ist doch das Motto dabei, oder nicht?

Eine Zeit lang sind in meinem Freundeskreis die Eltern alle aus ihren westdeutschen Städten nach Berlin gezogen, um mit den Kindern zu helfen. Ich kenne Leute, die ihre Eltern mit Mini-Job angestellt haben. Ich kenne Leute, die bringen ihre Kinder in den Ferien einfach zu ihren Eltern und lassen sie dann eine Woche da, der Opa geht mit den Kindern in den Wald, die Oma bringt ihnen stricken bei.

Warum machen meine Eltern das nicht? Ich überlege, ihnen zu Weihnachten ein Abo von «Meine Enkel und ich» zu schenken. Da wird erklärt, wie man Großeltern-Sein als Lifestyle lebt. Wie man «älter, glücklicher, gelassener» ist. GELASSENER.

Meine Mutter ist eine sehr lustige, liebe Großmutter, Oma kann ich nicht sagen, denn sie gehört zu der Sorte Frau, die sich weigert, Oma genannt zu werden. Sie lässt sich Nana nennen von ihren Enkeln. Eigentlich bewundere ich sie dafür, dass sie nie so eine gewöhnliche Mutter war, sondern dass sie aus allem immer etwas Besonderes rausholt. Nur gerade bin ich einfach so müde und erschöpft, dass mir ein bisschen Durchschnitt durchaus gefallen würde.

Am nächsten Tag gehe ich zum Bahnhof und hole den Mietwagen mit Kindersitz ab, den ich abends gebucht habe. In der Zeit ist meine Mutter tatsächlich mit Fiona am Strand und spielt mit ihr. Es wird allerdings das einzige Mal in dieser Woche bleiben. Wenn ich heute an den Urlaub denke, kommt mir eine Melodie ins Ohr. Es ist die Melodie des kleinen Feuerwehrwagens vor der Bar, in der meine Eltern und ich unsere Zeit zwischen den Besichtigungen verbringen. Denn während wir Campari Spritz trinken, fährt Fiona für 50 Cent im Feuerwehrwagen.

Und noch mehr wird mir in Erinnerung bleiben. Wie wir jeden Tag eine neue Küstenstadt erkundeten, wie wir jeden

Tag tolle neue Restaurants entdeckten und jeden Abend bis in die Puppen geredet haben, sodass ich irgendwann nur noch müde war, weil sich natürlich Fiona morgens zur gewohnten Zeit, um sechs Uhr und elf Minuten, lautstark meldete. Glücklicherweise schläft sie meist gegen acht noch mal ein.

Das Geheimnis der Liebe meiner Eltern ist, davon bin ich heute überzeugt, dass sie sich immer etwas zu sagen haben. Dass sie nie aufhören, miteinander zu reden. Dass sie miteinander ausgehen. Dass jedes Mal, wenn sie heimkommen, mein Vater sagt: «So, jetzt setzen wir uns noch mal in die Küche und trinken einen Schluck Wein.»

Nach einer Woche kann ich nicht mehr. Es ist schön, aber ich bin total fertig. An einem Abend stehle ich mich aus dem Haus, unter dem Vorwand, dass ich Fiona versprochen hatte, dass sie noch mal auf das Feuerwehrauto darf. Ich rufe die Freunde meiner Eltern an, die ein Ferienhaus ganz in der Nähe haben.

«Hey, Ute», sage ich, «ich brauche bitte Eure Hilfe, könnt Ihr die Eltern abholen? Ich brauche mal eine Pause.»

Der zweite Versuch, den perfekt entspannten Urlaub zu machen, scheitert also auch. Vielleicht brauche ich einfach ein Setting, in dem man möglichst wenig machen kann. Dann muss ich auch weniger machen. Das ist es: Ich brauche Strandurlaub in Holland.

3. VERSUCH:

DAUERREGEN AN DER NORDSEE – WARUM NORMALSEIN SO SCHWIERIG IST

DIE THEORIE: *Uns geht es prächtig. Die frische Seeluft lässt uns herrlich schlafen. Wir bewegen uns viel, spazieren am Meer entlang, fahren Rad. Wir haben noch nie so gesund gelebt wie in diesem Holland-Urlaub – bis auf das Essen vielleicht. Wir essen all die Dinge, die ich als Teenager nie essen durfte. Urlaub in Holland am Strand? Das gab es bei uns nicht. Aber ich und meine Familie, wir machen es eben anders als meine Eltern. Morgens holt Matthias mit Fiona frische Brötchen vom Bäcker, die wir großzügig mit Hagelslag bestreuen, dazu gibt es Vanille-Vla. Dann geht es an den Strand. Zum Mittagessen gibt es Pommes Spezial. Nachmittags erkunden wir die Gegend. Alle Tage laufen nach einer eingespielten Routine ab. Später spielt Fiona auf dem dicken Teppich im Wohnzimmer, und Matthias und ich lesen auf dem tiefen gemütlichen Sofa. Abends gehen wir in eines dieser netten kleinen Lokale im Ort und essen Pfannkuchen und trinken Heineken. Wenn ich nachts im Bett die Augen zumache, träume ich schon vom nächsten Tag.*

DIE PRAXIS: Man merkt es sofort, wir sind in den Niederlanden. Wenn der Zug langsamer fährt, kann man den Leuten ins Wohnzimmer blicken. Hinter den großen Fenstern, hinter den weißen Gardinen, sieht es gemütlich aus. Nach weichen Sofas und schweren Tischen, an denen fette Pfannkuchen gegessen werden.

«Ach, ich liebe diese Gegend», sage ich zu Matthias. Der schaut durch das Fenster des Zuges und sagt nichts.

«Dieses Kleine, Kuschelige, dieses Verspielte», biete ich weiter an. «Diese Traditionen und dann doch diese Offenheit.»

Matthias schweigt.

«Warst Du eigentlich schon mal in den Niederlanden?», frage ich ihn.

Er überlegt. «Keine Ahnung, ich glaube nicht», sagt er dann.

«Das glaube ich nicht, das weiß man doch!»

«Ich nicht.»

Ich habe uns ein kleines Apartment gemietet in Zandvoort aan Zee. Ich kann es perfekt aussprechen, ich hatte an der Uni mal zwei Semester Niederländisch. Ich liebe die Sprache, für mich klingt alles so schön gefühlvoll, leider habe ich nie meine Opdrachten gemacht, deswegen spreche ich extrem mies. «Zandvooooort aaan Tsee», sage ich und kichere. «Da wollte ich immer schon mal hin. Ist auch so schön nah.»

Matthias schaut mich zweifelnd an. Matthias kommt aus West-Berlin. Menschen, die Urlaub im Umland machen, sind ihm suspekt.

Die letzten hundert Kilometer fahren wir mit dem Mietwagen, den wir uns genommen haben, falls wir auch mal die Gegend anschauen wollen. Aber ehrlich gesagt will ich das gar nicht. Mir reicht es, in meinem kleinen gemütlichen Dorf zu bleiben, das von unten bis oben aus roten Backsteinen besteht.

«Vielleicht können wir uns ja auch mal Fahrräder mieten», sage ich zu Matthias, als wir in die Straße einbiegen, in der unser Apartment ist.

«Ja, vielleicht», sagt Matthias, «aber dafür müsste es erst mal aufhören zu regnen.»

Das Apartment ist leider doch nicht ganz so nah am Strand, wie ich dachte. Wir müssen eine Weile suchen, bis wir es finden. Und leider ist es auch recht feucht.

Es liegt im Erdgeschoss eines sehr kleinen Hauses, wir haben auch einen kleinen Garten. Überhaupt ist alles recht klein. Es gibt noch nicht mal ein eigenes Schlafzimmer, das hatte auf den Bildern irgendwie anders ausgehen. Fiona stürzt sich sofort auf die dreihundert unterschiedlich bunten Kissen, die auf dem scheußlichen Sofa liegen, und schmeißt sie begeistert durch die Wohnung.

«Und das hatte so gute Bewertungen?», fragt Matthias, als wir endlich das Kind vom Sofa runter bekommen haben und das Ding zum Bett umgewandelt haben.

«Ach so, die Bewertungen lese ich nie», sage ich.

«Aber Du wusstest, dass es nur ein Zimmer hat?»

«Ähm», sage ich. «Hast Du auch so Hunger?»

Leider müssen wir das Auto nehmen, um in den Ort zu kommen, es regnet einfach zu sehr. Und natürlich ist es kompliziert, in einer sehr kleinen Altstadt eines sehr kleinen Ortes zu parken. Bis wir einen Spot gefunden haben, sind wir beide schon sehr genervt vor Hunger und Fiona quengelt. Also nehmen wir das erstbeste Café, mittlerweile regnet es in Strömen. Kalt ist es auch. Es ist ja auch erst kurz nach Ostern.

In dem Café liegen dicke Teppiche auf den Tischen. Matthias findet das seltsam. Es gibt Kroketten zu essen, die Matthias und Fiona nicht mögen. Auch die Pfannkuchen schmecken ihnen nicht. Außer uns sitzen noch sehr, sehr viele andere deutsche Touristen in dem Laden, die alle den Eindruck machen, sie seien auf einer Kegeltour. Das Essen, von dem Matthias und Fiona praktisch nichts gegessen haben, kostet 60 Euro.

Ich brauche jetzt Luft, ich will an den Strand. Auf dem Weg kommen wir an einer Eisdiele vorbei, und Fiona kriegt ein Himbeereis, das ihr leider nicht besonders gut schmeckt, weil es ja immer noch regnet und das Eis total nass wird. Der Sand, auf dem wir gehen, ist nass, und das macht das Gehen schwieriger, sodass einer immer Fiona tragen muss. Der Wind bläst uns den Regen ins Gesicht. Matthias' Jacke ist nicht wasserdicht. Der Regen ist auch fast das einzige Wasser, das wir sehen. Denn es ist so diesig und regnet mittlerweile so stark, dass wir das Meer gar nicht richtig erkennen können.

«Sag mal, wie bist Du eigentlich auf die Idee gekommen, in dieses Kaff zu fahren?», schreit Matthias gegen den Wind.

«Ich finde, der Name klingt nett, Zandvoort aan Zee», schreie ich zurück. «So schön nach Familienurlaub. Und es sieht hier doch ohnehin überall gleich aus.»

«So plant man doch keinen Urlaub», sagt Matthias.

«Nein?»

«Nein!»

«Woher soll ich wissen, wie man Urlaub plant, bevor ich Dich kannte, brauchte ich keinen Urlaub.»

Wir schweigen. Matthias geht vor.

Fiona ist jetzt drei Jahre alt, das hier ist ihr vierter Sommerurlaub. Im Jahr davor waren wir in Montenegro, da, wo Matthias und ich unseren ersten gemeinsamen Urlaub gemacht haben. Wir sind die ganze Küste rauf und runter gereist, ständig in neuen Unterkünften, was bedeutet: immer wieder aus- und einpacken, Küchen sauber machen, unterm Bett schauen, ob nicht ein Schnuller liegen bleibt. Ich habe jetzt Bock auf einen Urlaub, wo ich einfach mal nix machen kann.

Ich dachte, es sei jetzt an der Zeit, auch mal so einen richtigen Kinderurlaub zu machen. So wie andere Familien. Man fährt irgendwohin, auch wenn es da nicht so spektakulär ist, und bleibt dann da, gerade weil es nix zu tun gibt. Alle können das machen, wozu sie Lust haben, alleine. Lesen und schwimmen, zum Beispiel. Deswegen Holland. Am besten noch in einen Ferienpark. Außerdem: Urlaub in Holland ist eine westdeutsche Grunderfahrung, die soll Fiona jetzt auch machen. Alle waren immer in Holland mit ihren Familien. Alle, bis auf mich. Holland am Strand war meinen Eltern zu spießig. Deswegen hole ich das jetzt mit Fiona nach.

Nach dem Careworkation-Desaster planten wir die nächsten Urlaube dann einfach so, als hätten wir kein Kind. Das heißt, wir fuhren in Städte und nicht in die Natur. Fionas ersten Geburtstag feierten wir in Wien mit Sachertorte, wir waren auf dem Prater und in der Albertina und auf dem Zentralfriedhof.

Und natürlich wäre ich lieber in einer kleinen Pension mitten in der Stadt gewesen, aber weil Matthias gebucht hat, waren wir in einem riesigen Luxus-Bunker in Donau City, *nur* drei Stationen mit der U1 in die Stadt, mit bodentiefen Fenstern und silbernen Lametta-Vorhängen und Lichtern überall im Zimmer, wo außer uns noch eine Menge russischer Edel-Nutten abgestiegen sind.

An Fionas zweitem Geburtstag waren wir in Tel Aviv, zuerst in einem kleinen Apartment direkt an der Ben Yehuda, wo man morgens praktisch direkt im Frühstückscafé aufwachte und Eggs Benedict serviert bekam, dann in einer Ferienwohnung mit riesiger Dachterrasse in Neve Tzedek, dem jüdischen Künstlerviertel direkt hinter dem Hafen von Jaffa, mit seinen Boutiquen und Galerien, und dann noch mal fast direkt am Strand in einer Straße, die Prophet Jona hieß. Eine bessere Stadt für Urlaub mit Kindern kann es gar nicht geben als Tel Aviv, viel Strand, viel Parks, wenig Verkehr, leckeres Essen und eine unfassbar kinderliebe Kultur.

Aber jetzt, mit drei, wünschte ich mir mal einen Urlaub, der so einfach Urlaub ist. Also ohne permanentes Ein- und Auspacken und Rumreisen und Umziehen, sondern einfach nur Herumvegetieren an einem Ort, bis es einem vor lauter Entspannung fade wird. Wo Ausschlafen das neue Abenteuer ist.

So einen Urlaub habe ich noch nie gemacht. Noch nicht mal als Kind. Meine Eltern haben sowieso fast alles immer anders gemacht als andere Eltern. Zum Beispiel machten sie beide Karriere. Teewurstbrote in Tupperdosen zu packen, war nicht so ihre Prio 1. Sie wären nie auf die Idee gekommen, Trinkpakete in unsere Ranzen zu tun. Konventioneller Konsum ist nicht ihr Ding. Es gab auch nie Bratwurst mit Kartoffelpüree. Viel zu viel deutsche Tradition. Es musste mindestens Pasta alla Puttanesca sein. Oder halt ein neues kreatives Rezept aus der *Essen und Trinken*. Das heißt auch: kein Urlaub in Deutschland, und in den Niederlanden schon gar nicht. Als Kind hat mich das oft gestört, da wollte ich am liebsten normal sein. Ich denke, das muss ich jetzt Fiona bieten und mir. Einen ganz normalen Urlaub einer ganz normalen Familie. Wie gesagt: Holland.

Wir bleiben dann übrigens nur sehr kurz am Strand an diesem Tag. Und wir werden auch an keinem anderen Tag unseres Aufenthalts an den Strand zurückkehren. Es regnet nämlich die ganze Zeit. Wir drehen die Heizkörper hoch, aber Matthias' Jacke ist auch am nächsten Morgen noch nass. Den zweiten Tag versuchen wir, zu Hause zu verbringen, ohne uns umzubringen. Das ist schwieriger als gedacht. Einer muss immer mit Fiona spielen, der andere legt sich dann schnell aufs Sofa und starrt aufs Handy. Ich bin meist der eine.

Als wir gar nicht mehr können, darf Fiona niederländisches Kinderfernsehen schauen, Matthias geht zwei Stunden heiß duschen und ich lege mich aufs Sofabett. Abends gehen wir essen, wir sind so selig, die Wohnung verlassen zu können, dass es fast harmonisch ist.

Soweit natürlich Essengehen mit Kleinkind harmonisch sein kann. Das Restaurant ist ziemlich schick, ich habe für Fiona kleine Bauklötzchen aus dem Museumsshop eingepackt, mit denen man Londons Sehenswürdigkeiten nachbauen kann, natürlich ein Geschenk meiner Mutter, die ja niemals durchschnittliche Bauklötze kaufen würde. Mit denen spielt sie relativ friedlich, sie ist so gut drauf, dass wir sogar eine Vorspeise wagen. Matthias hat Thunfischtartar und ich einen Salat, wir sind happy.

Nur unterhalten können wir uns nicht, denn sobald einer von uns einen Satz anfängt, sagt Fiona: «Mama, wusstest Du, dass Willi schon rechnen kann?»

«Nein, das glaube ich nicht, mein Schatz, der ist doch erst vier.»

«Was sagtest Du, Matthias?»

«Mama, wusstest Du, dass Nikes Bruder schon neun ist?»

«Ja, das ist ja toll, aber jetzt wollte ich gerade ...»

«Mama, Sky kann fliegen.»

Wir gehen gerne essen, auch, weil wir beide nicht besonders gut kochen können. Aber auch, weil wir die Stimmung in Restaurants mögen. Wir sind schon mit Fiona essen gegangen, als sie gerade mal vier Tage alt war. Allerdings fanden wir uns da auch selbst sehr mutig, und es war nur im Casolare, die Pizzeria, die 800 Meter von unserem Zuhause entfernt ist. Seit wir ein Kind haben, ist das Auswärts-Essengehen deutlich eingeschränkt worden. Über anderthalb Stunden ist Rekord. Wir stellen ihn an diesem Abend auf.

Am dritten Tag planen wir, nach Haarlem zu fahren, in die nächste größere Stadt.

«Da gibt es den Grote Markt», sage ich zu Matthias.

«Den was?»

«Na, den Großen Markt, einen Marktplatz, der sehr schön sein soll.»

«Aha, oder halt einfach nur groß.»

«Und Haarlem ist auch das Ziel des Blumenkorsos.»

«Des was?»

«So eine Art Rosenmontagszug für Tulpen. Aber der ist erst nächste Woche.»

«Gott sei Dank.»

Ich unterhalte mich ab da lieber mit Fiona. Die findet Haarlem nämlich deutlich spannender.

«Ein Auto», ruft sie begeistert, als wir uns der Innenstadt nähern. «Und da noch eines! Schau mal, Mama, ein Auto! Das glaube ich nicht, da ist ein Auto!»

Wir finden glücklicherweise auch sofort am Rande der Altstadt einen Parkplatz. Idealerweise direkt vor einem Café, weil Fiona nämlich dringend muss. Matthias wartet beim Auto. Als wir wieder aus dem Café kommen, müssen wir erst mal ein Parkticket lösen. Wir gehen zum Parkautomaten und betrachten die vielen verschiedenen Schaltflächen. Matthias steckt auf Verdacht die Kreditkarte rein, aber die kann nicht gelesen werden. Meine auch nicht. Für Kleingeld gibt es keinen Schlitz. Wir fummeln an dem Automaten rum, das heißt, einer von uns fummelt rum, der andere hält Fiona davon ab, durch die Lücken der parkenden Autos abzuhauen. Immerhin regnet es nicht mehr.

Irgendwann ergoogeln wir das Problem. Dabei stellen wir fest, dass es eine Webseite mit den Namen Parkopedia gibt. Und dass man in den Niederlanden «kentekenparkeren» macht, also man muss sein Kennzeichen angeben. Aber unseres akzeptiert der Automat nicht. Genauso wenig wie unsere Kreditkarten. Zwischendurch geht Matthias aufs Klo, er holt uns Kaffee und Kakao für Fiona. Den trinken wir auf dem Autodach. Neben dem Café ist ein Schreibwarenladen, da hole ich Kreide für Fiona, mit der sie dann den Gehweg bemalt. Immer wieder kommen Menschen vorbei und ziehen ihre eigenen Parkscheine, oder geben uns Tipps, die uns alle nicht weiterhelfen.

«Was wollen wir eigentlich hier?», fragt Matthias, nachdem wir fast eine Stunde so zugebracht haben.

Ich muss lachen. «Keine Ahnung», sage ich. «Lass uns abhauen.»

Auf dem Rückweg finden wir ein Restaurant mit Spielplatz und Parkplatz, und es kommt sogar die Sonne raus. Das bringt uns auf die verrückte Idee, doch noch mal an den Strand zu gehen. Wir sind gerade weit genug vom Auto weg, als uns der Regen wieder erwischt.

Zu Hause setzt Matthias sich sofort aufs Bett und spielt

mit dem Handy, und ich räume Sachen aus und hänge Sachen auf die Heizung und spiele mit Fiona und versuche, keinen Streit anzufangen. Was nicht besonders einfach ist.

Es ist wie Urlaub mit einem Teenager und einem Kleinkind. Ich räume permanent allen hinterher. Packe Taschen, bevor wir losfahren, packe Taschen aus, wenn wir wieder da sind. Und alles bleibt feucht und kalt. Am vierten Tag sage ich zu Matthias, als der mal eben vom Handy hochschaut: «Lass uns abreisen.»

Erst als wir uns dem urbanen Raum nähern und die Laune wieder etwas besser ist, fragt mich Matthias, ob wir jetzt darüber reden können.

«Über was?», frage ich, obwohl ich es ahne.

«Na, ja, darüber, dass Du wahnsinnig gerne total authentische, naturverbundene und unpraktische Urlaube machst und ich es lieber anonym, groß und luxuriös mag.»

«Gut, kann sein.»

«Und dass ich mir immer genau überlege, wo wir hinfahren, und auf Google Maps checke, wo das liegt, und mir schon Wochen vorher stundenlang die Bewertungen auf Booking durchlese und außerdem immer wissen will, wie viele Zimmer und wie viele Betten es gibt.»

Ich schaue aus dem Fenster.

«Und Du sagst einfach nur, ach, das klingt schön, das machen wir mal.»

«Ich finde, das Haus war ganz schön», versuche ich.

«Mmh», antwortet er.

Er hat recht. Die Sache mit dem Urlaubmachen scheint schwieriger als befürchtet.

Die zweite Etappe des Urlaubs ist Amsterdam, Matthias

hatte das geplant, und es läuft deutlich smoother, er macht ja auch schon viel länger Urlaub als ich, er kennt sich einfach besser aus. Wir wohnen in einem sehr schönen Apartment, das Matthias für uns ausgesucht hat. Mitten in der Stadt. Wir gehen ins Museum und fahren Boot und essen asiatisch, das mögen alle.

Der normale Strand-Familienurlaub an der Nordsee funktioniert anscheinend bei uns nicht. Vielleicht sind wir einfach keine normale Familie. Vielleicht ist das aber auch nicht so schlimm. Wir haben halt die Urlaubsformel noch nicht so ganz gefunden. Klar ist, für Matthias darf es nicht unter 10 Grad kalt werden, und authentisch sollte es auch nicht sein.

4. VERSUCH

«SERBIEN HAT GAR KEINEN STRAND» – WARUM ES TROTZDEM EIN TOLLES URLAUBSLAND FÜR KINDER IST

DIE THEORIE: *Serbien! Der ungehobene Schatz des Balkans. Die unentdeckte Kreuzung von Nord-, Süd-, Ost- und West-Europa. Wir fahren durch Täler und Schluchten in Mokra Gora, vorbei an endlosen Maisfeldern. Wir erkunden das Ufer des Uvac, entdecken zauberhafte Dörfer mit urigen kleinen Gassen und Plätzen, auf denen wir abends wie die Einheimischen speisen, wir flanieren durch raue Städte, kein Tourist hat sie je gesehen. Wart ihr schon mal im Kopaonik? Unvorstellbar. Überall Einheimische, alles so authentisch. Wir machen mal einen Dia-Abend. Die Festung von Smederevo? Kennt ihr nicht? Wir schon! Wer braucht die Niagara Falls, wenn er die Ribarska niederdonnern sehen kann. Ein einziges großes Abenteuer lockt uns.*

Überall empfangen uns begeisterte Menschen, wir feiern ein großes Dorffest mit als einzige Touristen, wir essen Grillteller in Restaurants, die noch nie ein Fremder betreten hat. Fiona ist begeistert von der Küche, sie probiert alles aus, es ist toll, wenn Kinder so offen sind. Moussaka, Burek, Köfte, sie will immer noch mehr. Auberginen, Zucchini, das alles mit Feta, es schmeckt ihr so richtig gut. Der Urlaub schweißt uns zusammen, zeigt, wer wir wirklich sind: unerschrockene Pioniere, immer unterwegs, Grenzen sind dazu da, um sie zu überwinden.

DIE PRAXIS: Unsere Wohnung in Belgrad ist eine Raucherwohnung. Nicht, dass es dort so riechen würde. Aber es gibt in dieser sehr schönen, geräumigen Fünf-Zimmer-Wohnung mit ihren Tausenden von Büchern in Nussbaum-Einbauregalen, ihren schweren Ledersesseln und marmornen Tischchen gleich mehrere Hinweisschilder mit der Aufschrift: «Bitte rauchen Sie hier.» Über der Schrift ist eine Zigarette abgebildet, aus der der Rauch in so eleganten Linien hervorsteigt, als sei es 1960 und all die kleingeistigen gesetzlichen Änderungen zwischen damals und heute nicht geschehen. Neben den Schildern stehen – falls man die Botschaft immer noch nicht verstanden haben sollte – Aschenbecher. Serbien ist kein Land, das vor dem Zeitgeist einknickt.

Vielleicht ist das der Grund, warum Matthias den Balkan so liebt, es hat aber auch etwas mit Fußball zu tun und Schriftstellern. Die Balkanreise ist zugleich ein Eingeständnis von mir, dass meine Art, Urlaub zu machen, oder meine Vorstellung davon, bislang für niemanden in der Familie so richtig funktioniert hat.

Unsere Wohnung ist riesig und direkt an der Altstadt gelegen, in Italien hätten wir hierfür das Dreifache bezahlt. Wir stellen unsere Koffer ab und räumen erst mal die ganzen kleinen Statuen, Vasen und sonstige Kunstwerke, die in Nischen der Wände und auf den Tischen stehen, in Sicherheit vor Fionas Besichtigungsfreude.

«Hier wohnen wir jetzt, juchu!» ruft sie und rennt durch die Wohnung, springt die drei Stufen runter, die Küche und Esszimmer voneinander trennen, saust den Flur entlang und reißt jeden Schrank auf. «Mama, ich habe etwas Unglaubliches gesehen, bitte komm schnell.»

«Das ist ein Tischstaubsauger.»

«Wunderschön.»

Der Flug nach Belgrad dauert knapp zwei Stunden, wir können also sofort los, die Stadt entdecken. Das heißt, wir könnten, aber leider kriegen wir Fiona nicht dazu überredet, die schönste Wohnung, die sie je gesehen hat, zu verlassen. Außerdem ist Fiona jetzt nicht mehr Fiona, sie ist Susi, die Katze. Und die Katze will nicht aus dem Haus. Es dauert circa eine Stunde und sehr viel Geduld, bis Susi und Fiona endlich so weit sind.

Zuerst suchen wir uns etwas zu essen. Matthias ergoogelt einen Laden, der Kofana Pavla Korgačin heißt, das klingt so schön archaisch, wir versuchen es. Wir bestellen alles Mögliche von der Karte, wir haben keine Ahnung, was es ist. Fiona sagt zu allem: «Bäh.» Kein Fleisch im Blätterteig, keine Pfannkuchen und schon gar keine Aubergine mit irgendwas bringt sie dazu, ihren Mund aufzumachen. Am Ende schaffen wir es, sie zu Lammspießen zu überreden.

Fiona ist dreieinhalb. Wir nennen sie den «Duce», weil sie absolut keinen Widerspruch erträgt und alles diktieren will. Sie hasst es natürlich, wenn wir Duce zu ihr sagen. «Ich bin keine Dusche, Du bist eine Dusche!», sagt sie beleidigt.

Sie hat den Spitznamen aus dem Italienurlaub davor. Da ging der Koffer mit Fionas und meinen Sachen verloren, und 14 Tage lang hatte sie immer nur ihr rosa Hello-Kitty-Nachthemd an. Wir schafften es nicht, sie davon zu überzeugen, doch mal was anderes anzuziehen, selbst als wir neue Sachen gekauft hatten und selbst als der Koffer wieder da war nach einer Woche. Abends wusch ich Kitty, Fiona schlief nackt nur mit Windel, am nächsten Tag trug sie sie wieder.

Heute, auf dem Weg zur Belgrader Festung, trägt sie ein Blumenkleid. Nach dem Urlaub in Hello Kitty hat sie zu Hause absolut kein Theater mehr mit Klamotten gemacht. Zumindest für ein paar Jahre, äh, Tage.

Die Festung liegt mit großartigem Blick auf Save und Donau. Es gibt diese Mauern schon seit dem dritten Jahrhundert vor Christus, erst waren hier die Kelten, dann die Römer, ein serbischer Despot hat sich hier breit gemacht, die Byzantiner kamen vorbei, die Ungarn, die Osmanen, die Österreicher sowieso. Titos Zeiten hinterließen Betonbrutalismus, die Post-Wende-Touristen sorgen dafür, dass es schön knallig bunt ist.

Wir besteigen die Verteidigungsanlage, die mal die Stadt vor Leuten wie uns sicherte, wir schauen auf Donau und Save. Mitten in der Festung befinden sich eine Dinosaurier-Ausstellung und eine Ausstellung über Waffensysteme aus dem Ersten und Zweiten Weltkrieg (Kanonen, Panzer, Haubitzen), ohne dass der Zusammenhang klar würde. Es ist ideal für Kinder, weil Fiona überall rauf und runter klettern oder, noch besser, springen kann. Einmal beim Runterspringen ratscht sie sich eine kleine Schramme ins Bein und schreit wie am Spieß. Aber nicht vor Schmerz, sondern weil ich nicht die Anna-und-Elsa-Pflaster, sondern nur die Paw-Patrol-Pflaster dabeihabe.

An die Festung schließt sich nahtlos der Süßigkeiten-Strip an, der in keiner ex-jugoslawischen Stadt fehlen darf. Es gibt kleine nostalgische Wägelchen, die kitschige Plüschtiere in schrillen Farben verkaufen, und natürlich Mais in allen seinen Erscheinungsformen. Hier ist meine Chance, die Pflaster-Sache wiedergutzumachen: Es gibt Popcorn in Anna-und-Elsa-Tüten! Fiona wird sich in diesem Urlaub mehr oder weniger ausschließlich davon ernähren. Grillfleisch, Popcorn und Maiskolben. Das Motiv «Kind beißt in Maiskolben» wird das dominante Foto-Motiv.

In Belgrad auf jeden Fall scheint man das bewahrt zu haben, was einem in der jeweiligen Zeit am besten gefallen hat. Unser Vermieter hat eine Tante in Stuttgart und hat sich von ihr eine WhatsApp-Nachricht schreiben lassen, in der er ein paar Restaurants in der Gegend empfiehlt. Es ist Juni, die ganze Stimmung in der Stadt ist wie in Berlin zur Jahrtausendwende, improvisierter Aufbruch. In post-sowjetisch anmutenden Ladenlokalen machen sich Hipster-Cafés breit, hinter barocken Fassaden werden Pokebowls serviert, Habsburger Kolonialstil steht neben viel Beton, und überall sind Menschen.

An einem großen Platz, an dem man auch Filme über Jugoslawien im Jahr 1984 drehen könnte, ohne irgendetwas zu verändern, steht über einem brutalen Betonhochhaus riesig groß in weißen Buchstaben *jugoslavija publik*, davor ist ein Brunnen, in den Fiona sofort reinspringt. Da sie ihre Schuhe ohnehin gerade aus Prinzip nicht trägt, ist es kein Problem. Außerdem scheinen das hier alle zu machen. Der ganze Brunnen ist voll mit Kindern.

Neben dem Brunnen ist eine Buchhandlung, und mit dem Versprechen, dass sie ein Peppa-Wutz-Buch kriegt, locken wir Fiona wieder aus dem Brunnen raus. Wir streifen durch die Bilderbuch-Ecke, lesen uns Roman-Titel vor, so wie wir glauben, dass sie auf Serbisch ausgesprochen werden könnten. Schließlich frage ich nach Reiseführern. Der Buchhändler spricht Deutsch, er hat mal in Mainz gelebt. Er verweist uns an eine Ecke, in der jede Menge Bücher stehen, in denen man sich über London, die Malediven oder Berlin informieren kann.

«Ach, entschuldigen Sie, ich meinte Reiseführer über Serbien», sage ich.

«Nein», sagt der Buchhändler. «Die haben wir nicht.»

Wir sind komplett unvorbereitet nach Serbien gekommen. Wir haben ein Rückflugticket und zwei Wochen Zeit und keine Idee, wo wir eigentlich sind. Ich habe meine serbische Freundin vor einigen Monaten mal gefragt, wo ich so hinfahren kann in Serbien, außer nach Belgrad natürlich. Sie hat gesagt, sie schickt mir mal ein paar Ideen. Hat sie aber nie gemacht.

Direkt in der Nähe der Buchhandlung ist die Touristen-Information, die Frau am Tresen spricht glücklicherweise Englisch.

«Hey», sage ich, «wir würden gerne ein bisschen durch Serbien fahren. Wir haben eine dreijährige Tochter. Wir waren noch nie hier. Was würden Sie empfehlen?»

Die Frau schaut uns etwas irritiert an. «Sie könnten die Festung besichtigen», sagt sie.

«Da waren wir schon.»

«Wie wäre es mit dem Park?»

«Papa», sagt Fiona, «wusstest Du, dass die Pyjama-Helden alle Schlafanzüge anhaben?»

«Ja», sage ich zu der Frau. «Klar, Belgrad ist toll, aber wir würden auch gerne noch was anderes machen.»

«Mama», sagt Fiona, «die Pyjama-Masks haben alle unterschiedliche Farben.»

«Wunderschön sind die Felsformationen Davolja Varos, ein Naturdenkmal.»

«Natur anschauen ist leider gerade nicht so unser Ding», sagt Matthias und blickt auf Fiona.

«Dann reizen Vogelschutzgebiete am Uvac Canyon Sie vermutlich auch nicht», sagt die Frau.

Wir nicken. Wir merken, wir sind schwierig.

Die Frau holt einen Katalog raus und sagt: «Neum hat sehr schöne Hotels.»

Ich schaue mir die Bilder an. «Aber das ist in Bosnien», sage ich.

«Mama», sagt Fiona.

«Ja, ja», sagt die Frau. «Aber da ist es wunderschön, es gibt auch Resorts ...»

«Aber wir würden ja gerne in Serbien Urlaub machen.»

«Mama», sagt Fiona wieder.

«Kannst Du vielleicht mal kurz aufhören? Ich rede hier über unseren Urlaub.»

«In Serbien», wiederholt die Frau und schaut uns an, als seien wir nicht ganz dicht.

«Ja, also wir würden zum Beispiel gerne ein paar Tage Badeurlaub machen.»

«Serbien hat keinen Zugang zum Meer», sagt die Frau.

«Ah, Mist, stimmt», sagt Matthias. Darüber hatten wir vorher gar nicht nachgedacht.

«Menno, ich will nicht nach Serbien», sagt Fiona. «Serbien ist doof.»

«Aber es gibt doch sicher Seen», sage ich und drücke Fiona einen Flyer in die Hand, um sie abzulenken.

«Oh, ja, es gibt hier viele schöne Seen», sagt die Frau.

«Ich mag Seen», sagt Fiona.

Die Frau lächelt.

«Gibt es auch Strandbäder an den Seen?», frage ich.

«Ach so, nein, in den serbischen Seen kann man eigentlich nicht so gut schwimmen.»

«Mama, mir ist langweilig», sagt Fiona.

«Vielleicht ist Bergsteigen etwas für Sie?»

«Eher nicht.»

«Bauernhöfe?»

«Hm.»

Wir schweigen. Wir tun der Frau leid.

«Können wir jetzt gehen?», fragt Fiona.

«Wo kommt ihr denn her?», fragt sie die Frau.

«Aus Kreuzberg», sagt Fiona.

Die Frau lacht. «Ich habe eine Cousine in Berlin.» Sie kramt in einem Regal rum. «Mein Bruder hat auch mal in Berlin gelebt», ruft sie uns noch zu. So, als wolle sie damit Verständnis für unsere Situation zeigen. Dann hat sie auf einmal eine Idee. Strahlend kommt sie zurück zum Tresen.

«Zlatibor!», ruft sie. «Zlatibor ist ein Ort mit viel Tourismus. In Serbien!» Und dann erzählt sie uns, dass Zlatibor das Schönste überhaupt sei. So was wie Schwarzwald und St. Moritz und ganz wunderbar für kleine Kinder. Und einen See gäbe es auch, da sei sie allerdings nicht sicher, ob der nicht künstlich sei. Und eigentlich sei es auch ein Ski-Gebiet, aber die Berge und der Wald seien auch im Sommer wunderschön.

«Kann man da mit dem Zug hinfahren?», frage ich.

Da lacht die Frau sehr herzlich.

Also Zlatibor. Es sind zwar nur etwa 300 Kilometer Distanz, aber leider brauchen wir wegen der Straßen trotzdem über sechs Stunden. Glücklicherweise hört der Duce auf der

Fahrt durch die neuen Gebiete, die er bald beherrschen wird, die ganze Zeit gut gelaunt den Zoes-Zauberschrank-Tonie, weswegen Matthias und ich uns leider nicht unterhalten können, aber wir können uns ja merken, was wir sagen wollten, falls sie eines Tages auszieht. Immer wieder kommen wir durch Gegenden, wo links und rechts der Straße Wohnviertel liegen, aber wir fahren nie durch so etwas wie ein Dorf oder eine Stadt, bis auf die Straßen scheint es nirgendwo Infrastruktur zu geben. Keine Plätze, keine Parks, keine Cafés, keine Restaurants. Nur Tankstellen. An einer halten wir und essen in Plastik eingepackte Wurst, die aussieht wie die serbische Antwort auf die BIFI.

«Was machen die Leute hier den ganzen Tag?», frage ich Matthias.

«Fußball spielen und Fußball schauen», schlägt der vor.

Nachdem wir das siebte Mal dem Schicksal der Eule mit der Beule gelauscht haben, kommen wir an. Zlatibor, die perfekte Mischung aus Schwarzwald und St. Moritz, liegt malerisch an einem großen Wald. Nur unser Apartment befindet sich direkt an einem großen Parkplatz, zwischen einer Baustelle und einem Rummelplatz. Wir haben eine kleine Terrasse und eine vertrocknete Rasenfläche. Es ist eingerichtet wie für einen Single. Das übliche Mini-Schlafzimmer, die Küche wie eine Bar und überall Glas: Glastische, Glasschalen, Glasfigürchen. Fiona schnappt sich sofort einen kleinen süßen gläsernen Hund, während Matthias und ich panisch Zerbrechliches in die Schränke stopfen, an die sie nicht rankommt. Dann gehen wir raus, Grillfleisch essen.

Wir finden den See, von dem die Frau in der Touristen-Information gesprochen hat, und er ist auch tatsächlich künstlich. Am Ufer des Sees ist ein Rummel, auf dem Parkplatz vor unserem Haus ist auch ein Rummel. Wenn man Zlatibor googelt, liest man einiges über die Wälder, in denen alle Arten von Beeren wachsen, über die Pilze, die es hier in der Gegend gibt. Aber wir schaffen es nicht in den Wald, denn wir finden einfach keinen Weg dahin. So was wie einen Wanderweg scheint keiner angelegt zu haben.

Aber wir haben ja die beiden Rummel. Fiona schwebt im Kettenkarussell und isst Popcorn und fährt mit Matthias Autoscooter und mit mir Wilde Maus, und das jeden Tag an den drei Tagen, an denen wir da sind. Dennoch ist es jedes Mal schwierig, wenn wir den Rummel wieder verlassen.

«Nein, nein, kommt überhaupt nicht infrage», schreit sie verzweifelt.

«Nein, da mache ich nicht mit. Jetzt bekommt ihr eine Strafe.»

Das andere, was man in Zlatibor ausgiebig machen kann, ist Katzen-Streicheln. Auf dem Parkplatz hinter unserem Haus wohnt ein rot getigerter Kater, mit dem wir mehrere Stunden verbringen. Auf dem kleinen Spielplatz an dem Apartment-Komplex lebt gleich eine ganze Gang.

Für sehr kurze Zeit haben wir sogar eine eigene Katze. Eine sehr süße kleine Babykatze, sie sitzt am Morgen, als wir aufwachen, vor unserer Tür hin zum Garten. Fiona und ich machen ihr auf, Gott, ist die niedlich!

Während ich Frühstück mache, spielt Fiona mit dem Tierchen. Wir sind schockverliebt, sie ist so süß.

Als wir nach unserem Spaziergang zurückkommen, ist sie immer noch da.

Ich decke auf der Terrasse, aber leider wird es mit dem Essen da schwierig, weil die Katze immer von unserem Schoß auf den Tisch klettern will, und wenn wir sie runtersetzen, klettert sie uns wieder auf den Schoß. Also räumen wir wieder alles rein und essen drinnen. Während draußen die Katze vor der Tür maunzt. Es ist gar nicht so leicht, dieses kleine knochige zarte Wesen von uns runter zu rupfen und rechtzeitig die Tür zuzumachen.

«Sie ist so süß», schwärme ich Matthias vor. Fiona mag kaum essen.

«Bitte, bitte, Mama, ich will wieder zu der Katze.»

Wir spielen dann noch ein bisschen mit ihr, aber dann wird es Zeit für Fionas Mittagsschlaf, auch synonym für: die einzige Gelegenheit am Tag für mich, etwas zu lesen. Ich nehme mir ein Buch und lege mich mit ihr auf die Liege. Es ist zu schönes Wetter, um im Haus zu sein. Aber die Katze kommt mit. Sie legt sich auf Fiona, die sofort wieder aufwacht und schreit. Ich rupfe sie runter. Das geht ein bisschen hin und her. Am Anfang lache ich noch, jedes Mal, wenn ich das Kätzchen runter rupfe. Aber dann fängt es an zu nerven, und Fiona hört auch nicht auf zu schreien. Also bringe ich Fiona rein ins große Bett zum Mittagsschlaf. Ich singe ihr was vor, sie dreht sich hin und her, jetzt hat sie keine Lust mehr zu schlafen.

Als sie endlich doch schläft, gehe ich wieder auf die Liege, aber sobald ich mich hinlege und mein Buch aufschlage, ist die Katze wieder da. Sie will sich aufs Buch legen. Am Abend gehen wir essen. Auch wegen der Katze. Am nächsten Tag versuchen wir, sie wegzuscheuchen. Wir werden unfreundlich. Der Katze ist es wurscht. Ein paarmal bringen wir sie vor auf den Feldweg und laufen dann schnell zum Haus zurück. Aber das Vieh rennt uns immer hinterher.

Irgendwann hat Matthias es satt. Wir packen die Katze ins Auto und fahren den Weg hinter unserem Haus einen Kilometer runter. Da gibt es Einfamilienhäuser, wir suchen ein Haus mit Spielzeug im Garten. Hier wohnen sicher freundliche Menschen. Ich steige aus, setze das Kätzchen auf die steinerne Gartenmauer und renne schnell zum Auto zurück. Wir sind befreit! Als wir zum Haus zurückkehren, liegt vor der Tür ein riesengroßer Hund. Wir gehen zurück zum Rummel.

Auf dem Parkplatz vor unserem Haus neben dem Rummel ist auch eine alte Telefonsäule. Links und rechts gibt es noch erhaltene Apparate. Das wird Fionas absolutes Lieblingsspielzeug in Serbien. Einmal ist sie zwei Stunden draußen mit Matthias und spielt Telefonieren. Ich überlege, ob wir ihr eine Telefonzelle zum Geburtstag schenken sollten.

Weil ich finde, dass wir noch ganz dringend ein Natur-Erlebnis brauchen, machen wir dann am Ende noch eine Fahrt mit der Šargan-Acht, eine alte Schmalspurbahn, die in der Nähe von Mokra Gora durchs Gebirge fährt. Eine Dampflok, steile Schluchten, unberührte Natur, hohe Kiefern, dichte Fichtenwälder: mehr Karl-May-Feeling geht gar nicht. Leider schläft Fiona die ganze Fahrt lang. Matthias und ich wissen eine Sekunde lang gar nicht, was wir jetzt tun können. Dann reden wir miteinander, wir hatten schon fast vergessen, wie das geht. Es passiert ja eher selten, seit Fiona auch sprechen kann.

Nach drei Tagen Zlatibor-Rummel und Telefonzelle fahren wir weiter. Wir haben uns entschlossen, noch Novi Sad zu entdecken. Wir sind mit der Sache, neue Dörfer zu entdecken, trotz intensiver Internet-Recherche nicht weitergekommen. Auch das typische «Wir fahren einfach los und schauen mal, was uns gefällt» hat nicht funktioniert.

Novi Sad wurde stark durch die Habsburger geprägt, da sind wir vielleicht nicht ganz so orientierungslos wie im Rest Serbiens. Unterwegs fällt mir auf, dass ich meine absolute Lieblingsjacke in unserer Ferienwohnung habe liegen lassen, aber unser Vermieter hat einen Freund, der zwei Wochen später nach Berlin muss. Da wird er sie mir mitbringen. Ich frage mich, ob es einen Serben gibt, der niemanden in Deutschland kennt.

In Novi Sad hat Matthias ein Hotel gebucht. Seit dem Nordsee-Unfall fällt das in seinen Hoheitsbereich. Unser Zimmer ist riesig. Es hat dunkle, schwere Vorhänge. Unser Bett ist so breit, dass sechs Leute darin bequem quer liegen könnten. Gegenüber vom Bett hängt ein riesiger Spiegel, über dem Bett hängen mehrere Bilder in Holzrahmen und Öloptik, auf einem zieht sich eine Frau, die sonst nackt ist, Sandalen an. Auf dem anderen liegt eine Frau vor einem Mann auf dem Boden und befummelt seine Füße. Auf dem dritten ist das Gesicht einer Frau in dreifacher Ausführung zu sehen, die den Betrachter auffordernd ansieht. Auf der anderen Seite des Raumes steht ein riesiger Jacuzzi.

«Ist das hier eine Filmkulisse?», frage ich Matthias.

«Ich finde es schön», sagt er.

«Ja, das dachte ich mir.»

Fiona findet es auf jeden Fall auch den totalen Hammer.

«Papa, wir haben ein Schwimmbad im Zimmer!»

Den ersten Tag verbringen wir praktisch im Hotel. Fiona zieht ihre Badeflügel an und planscht glücklich. Im letzten Moment können wir sie davon abhalten, die Aschenbecher als Schiffchen zu benutzen. Matthias und ich wechseln uns stündlich in der Betreuung ab.

Ab sieben versuchen Matthias und ich, sie davon zu überzeugen, wieder aus dem Jacuzzi rauszukommen. Aber schon der erste Anlauf scheitert.

«Willst Du nicht langsam mal raus?», frage ich.

«Nein, nein, nein!!!!», schreit Fiona. «Auf gar keinen Fall.»

Ich will sie rausholen, sie spritzt mich voll und kreischt.

«Na, gut, noch ein paar Minuten», sagt Matthias. Aber auch dann ist es nicht besser. Das Ganze endet damit, dass alles nass ist und wir uns wieder umziehen müssen. Aber immerhin schaffen wir es irgendwann vor die Tür.

Novi Sad ist eine fantastische Stadt, auch hier gibt es wieder eine imposante Festung, Petrovaradin genannt, deutlich seriöser als die in Belgrad, ohne Dino-Ausstellung. Die Festung ist gleich ein ganzes Stadtviertel. Das Donau-Ufer entlang sind immer wieder Spielplätze oder Buden oder Orte, wo man Sport machen kann, wenn es sein muss. Wir essen Perkelt, serbisches Gulasch, auf einem Boot, wir bewundern den Freiheitsplatz in der Altstadt, wir trinken Rakija, so was wie Raki, aber das darf man vermutlich nicht sagen, in der Laze Telečkog, wie auch immer man die ausspricht, und hören windigen Geschäftsmenschen aus Deutschland bei Verhandlungen zu.

Wir laufen stundenlang durch die Gegend und bewundern, was die jeweiligen Epochen so hervorgebracht haben. Immer, wenn Fiona sich auf den Boden wirft und sich weigert, weiterzugehen, ist eine Popcorn-Bude in der Nähe, mit der man sie wieder motivieren kann.

Natürlich besuchen wir auch das Tito-Museum. Ich sage bewusst besuchen, denn besichtigen tun wir es streng genommen nicht, weil Fiona die ganze Zeit die Gänge rauf und runter läuft und einer oder beide von uns ständig hinter ihr her rennen, um sie gerade noch rechtzeitig im nächsten Raum zu erwischen und ihr zuzurufen: «FAAAASSSS DAAAAAS NICHT AN», «Wirf das nicht runter», «Reiß das nicht ab».

Ach, und wir baden in der Donau, das geht nämlich schon, wir hätten in der Touristen-Information einfach nur etwas präziser fragen sollen.

In Serbien haben uns ’ne ganze Menge Dinge überrascht, einfach, weil wir uns nicht so richtig vorbereitet hatten. Aber was uns am meisten überrascht hat, ist, wie viele tolle Spielplätze es gibt, und wie viel Rummel, und wie gerne und wie viel die Serben Spaß haben.

Einmal macht Matthias wieder extrem viel Quatsch mit Fiona auf einem Karussell. Ein kleiner Junge sieht das und kommt dazu. Matthias spricht ihn an, mit einer Quatschsprache. «Kruschte wischte osch?» Der Junge lacht. Es kommen immer mehr Kinder und lachen und machen mit. Matthias redet mit allen und fährt sie immer wilder mit dem Karussell rum. Ein paar Väter kommen dazu, ich denke, jetzt gibt es gleich Ärger. Aber die Väter lachen auch.

«Die Jugos wissen», das schrieb die kluge Doris Akrap mal in der *taz*, «dass ein Gespräch ohne echten Humor keine Seele hat.»

5. VERSUCH

MITREISENDE ELTERN – WARUM KLEINKINDERABTEILE BESSER ALS PEKIP SIND

DIE THEORIE: *Entspannung pur. Wir vereinen Nachhaltigkeit und Abenteuer, kleine Kosten und große Beinfreiheit, Entschleunigung und Spaß, gemeinsame Erlebnisse und, nun ja, den Nervenkitzel, ob man den nächsten Zug auch kriegt, wo dieser doch 'ne Stunde zu spät ist. Natürlich haben wir reichhaltig Proviant dabei: Magst Du noch eine Stulle mit Bärlauchpesto? Wir lernen andere Familien kennen, aus Unna, aus fast bei Hamburg, aus in der Nähe von Regensburg.*

Wir spielen Uno und suchen den Papagei im Wimmelbuch und lesen «Schlinkepütz, das Monster mit Verspätung» und «Und dann kam Juli» und «Petronella Apfelmus» und dann alles wieder von vorne, wir dösen und kuscheln, während all dem gleiten an unserem Panoramafenster Städte und Wälder vorbei – Wunderwerke von Baukunst und Natur, eine endlose Panoramaschau, ohne dass wir uns bewegen. Man lernt dabei so viel über unser Land und das Leben.

«Schau mal, Mama, ein Reh!»

Für einen Moment herrscht ehrfürchtige Stille, dann folgt ein Stimmengewirr:

«Wo?»

«Ich hab's gesehen!»

«Schon vorbei.»

DIE PRAXIS: Wir stehen am Gleis 1 am Berliner Hauptbahnhof. Denjenigen, die noch nicht das Glück hatten, in Berlin am Gleis 1 einzusteigen, mag das nicht viel sagen. Aber die, die es schon erlebt haben, wissen, dahinter steht eine besondere Leistung. Das Gleis 1 am Berliner Hauptbahnhof ist nämlich vergleichbar mit dem Gleis neundreiviertel in King's Cross. Es ist magisch. Es ist unauffindbar. Noch schwieriger, als das Gleis selbst zu finden, ist nur, den Fahrstuhl dahin zu entdecken. Er ist gut versteckt, nur, wer ganz fest daran glaubt, kann sich einen Weg bahnen. Andererseits ist das Gleis 1, genau wie das Gleis 8, in der glücklichen Situation, nicht mit dem allgemeinen Fahrstuhlsystem verbunden zu sein.

Der Berliner Hauptbahnhof ist ein Meisterwerk der Mobilität. In all dem schnellen Hin und Her, inmitten der Hektik und des Stresses, so muss es sich ein Ingenieur gedacht haben, da brauchen wir etwas, das uns entschleunigt. Wir brauchen Momente des Innehaltens, Aspekte der Zeitverzögerung, Oasen der Ruhe, sagte er sich. Und er erfand das Fahrstuhlsystem.

Die sechs wie Raumkapseln anmutenden Fahrstühle schieben sich in Zeitlupe gläserne Röhren rauf und runter. Nach dem Zufallsprinzip halten sie unterwegs an, fahren danach weiter hoch oder weiter in die Tiefe, wer einsteigt, ist der Hydraulik ausgeliefert und muss sich auf das Abenteuer einlassen. Es ist wie eine Fahrt im Riesenrad auf dem Wiener Prater oder im London Eye an der Themse.

Immer wieder gibt es allerdings Menschen auf dem Hauptbahnhof, die dieses Prinzip der Panoramafahrt nicht verstehen und dann übellaunig sind, wenn der Fahrstuhl sie erst nach fünfzehn Minuten Schweben wieder entlässt. Und das meist, wegen der Undurchsichtigkeit des Systems, noch nicht mal am gewünschten Gleis. Aber diese Reisenden haben eben nicht verstanden, was Reisen wirklich bedeutet. Da geht es doch nicht immer nur ums Ankommen, da geht es doch auch um die vielen Momente des Unterwegsseins. Das vergegenwärtigen einem die Fahrstühle am Berliner Hauptbahnhof. Wer nur funktional unterwegs sein will, und nicht in seiner ganzen Menschlichkeit, der soll gefälligst in München in den Zug steigen.

«Ich muss mal», sagt Fiona.

«Gleich, mein Schatz», sage ich, «der Zug kommt in fünf Minuten, hältst Du das aus?» Fiona überlegt. «Fünf Minuten sind zwei Kinderlieder», rechne ich um. Sie nickt. In dem Moment kommt die Durchsage: «Der ICE 507 nach München Hauptbahnhof hat zurzeit eine Verspätung von circa 15 Minuten.»

Okay, 15 Minuten. Schaffen wir es in der Zeit, das Bahnhofsklo zu finden, die 50 Cent rauszukramen, alle Koffer durch die Schleuse zu jagen, ausziehen, anziehen und alles wieder zurück? Keine Chance.

«Hältst Du auch 15 Minuten aus?», frage ich Fiona.

Sie zuckt mit den Schultern. «Wie viele Kinderlieder sind 15 Minuten?»

Ich schaue mich nach anderen Reisenden um. Können wir jemandem unsere Koffer aufdrängen?

«Mama, jetzt muss ich ganz dolle», sagt Fiona.

Warum musste ich ihr die Windeln abgewöhnen? Das war doch so praktisch! Das haben wir jetzt davon. Glücklicherweise kommt jetzt eine neue Durchsage: «Der ICE 507 nach München hat zurzeit eine voraussichtliche Verspätung von 30

Minuten.» Puh. Auf die Deutsche Bahn ist Verlass. Beruhigt ziehen wir mit den Koffern los. Als wir wieder an Gleis 1 ankommen, ist der Zug allerdings weg. Er hatte dann doch nur 15 Minuten Verspätung. Und der nächste fällt aus.

Ich rufe meine Tante an. Fiona und ich wollen sie in München besuchen. Ich will nicht, dass sie sich Sorgen macht. Matthias kommt nach. Die langen Urlaube waren mir einfach zu viel, kurze Städtetrips, das ist jetzt unser Ding.

Aber für Reisen mit der Bahn muss man schon vor dem Start tiefenentspannt sein. Der Bahn fällt immer etwas ein, damit die Reise garantiert nie so wird, wie man sie sich vorgestellt hatte.

Der Zug, als er dann einfährt, hat natürlich eine andere Wagenreihung. Wir rennen los von A nach E, stemmen uns gegen den Strom der anderen Reisenden, die von E nach A müssen. Zwischendurch schreit Fiona auf: «Mein Rucksack.» Wir kämpfen uns zurück. Ein anderer Vater hat ihn aus Versehen geschnappt, hatte ihn mit dem seiner Tochter verwechselt. Große Erleichterung. Es ist wie eine Pilgerfahrt nach Mekka, nur eben in zwei verschiedene Richtungen. Dann verliert Fiona ihre Mütze, als sie sich zwischen zwei Frauen durchquetscht, die Mütze wird mitgerissen in die andere Richtung.

«Wir haben keine Zeit mehr», schreie ich.

«Egal, die mochte ich eh nicht», sagt Fiona. Dann steigen wir ein.

Als wir es ohne weitere Verluste in Abteil 33 geschafft haben, stellt sich raus, dass heute die Sitzplätze nicht angezeigt werden. Vermutlich, weil sie doppelt belegt sind. Dann kommt die Durchsage: «Leider ist die Klimaanlage in Wagen 33 ausgefallen, bitte nutzen Sie einen der anderen Wagen.»

Trotzdem fahre ich gerne Bahn. Auch mit Kind. Trotz «Lies mir was vor, mir ist langweilig, lies mir noch mehr vor, darf ich was gucken, ich hab Hunger». Tatsächlich schaffen wir es, einen Viererplatz mit Tisch zu ergattern. Fiona muss auf meinem Schoß sitzen, uns gegenüber sitzt eine Frau mit zwei Kindern, auch sie hat ein Kind auf dem Schoß, ein Mädchen, ungefähr so alt wie Fiona, ein zweites hat sich auf dem Sitz daneben eingerollt. Bei uns sitzt der obligatorische Typ Mann, der nicht fehlen darf, wenn die Bahn überfüllt ist. Er hat seine iPods im Ohr und macht gerade eine Schalte mit seinem Team. Dabei fixiert er Fiona, die jetzt angefangen hat, vor sich hin zu singen.

Zugfahren mit Kindern erinnert mich an meinen Job als Reporterin aus meinem früheren Leben. Man trifft Menschen, die man niemals kennengelernt hätte, und unterhält sich ganz intensiv für ein paar Stunden über den optimalen Start für Beikost, Rivalität unter Geschwistern, die Vorteile und Nachteile von Leinsamen in Joghurt und die erstaunliche Tatsache, dass in allen Kinderbüchern ab sechs Jahren spätestens ständig nur gezaubert wird.

«Was ist so toll an Magie? Ist es nicht der Alltag, der die Kinder faszinieren sollte?»

Manchmal lesen andere Eltern auch meinen Kindern etwas vor, manchmal teilt sich Fiona einen Kopfhörer zum Kreativ-Tonie-Hören, damit nicht alle im Abteil Volker Rosin in Endlosschleife lauschen müssen, jeder hat mal eine Pause vom «Gorilla mit der Sonnenbrille» verdient.

Bei Reisen mit Kindern entstehen ad hoc Netzwerke unter Fremden. Man wird für kurze oder (siehe Deutsche Bahn) auch mal für längere Zeit zu Verbündeten. «Nein, schau mal, Luna, das Mädchen möchte sein Kuscheltier nicht teilen.»

«Louis, willst Du mal fragen, ob der Junge auch mitspielen mag?»

«Wie alt sind Eure denn?»

«Ach, das ist ein tolles Alter!»

Der Geschäftsreisende im Zug nach München wird auf jeden Fall immer genervter, je länger die Reise andauert. Fiona hat jetzt mit dem anderen Mädchen, sie heißt Lilly, ein Handklatsch-Spiel begonnen. Beide liegen halb über dem Tisch und werfen sich immer wieder hin und her vor Lachen. Einmal hat Fiona schon fast den Starbucks-Latte-to-go-Becher umgeworfen, durch den wir wissen, dass unser Mitreisender Lars heißt. Lilly ist schon zweimal leicht gegen den Laptop gestoßen. Lars zieht jetzt einen iPod aus dem Ohr und sagt: «Geht das auch 'ne Spur leiser?»

«Wieso 'ne Spur?», sagt Fiona, «man ist doch nicht auf einer Spur laut, hä?»

Und dann spielen sie weiter, während Lillys Mutter und ich zwischendurch immer leise ‹schhhhh› sagen.

Als Familie haben wir schon extrem lange Reisen mit der Bahn gemacht. Berlin und Venedig hin und zurück, zum Beispiel. Ich habe heute noch circa tausend Aufnahmen in meinem Handyspeicher von der Fahrt. Denn kurz nach Innsbruck hatten weder Matthias noch ich mehr Lust, noch ein Spiel zu spielen oder noch ein Brot zu essen oder noch ein Buch vorzulesen. Also habe ich Fiona mein Handy gegeben, damit sie Bilder machen kann. Vielleicht spielen wir sie mal als Kurzvideo auf einer Kunstinstallation, Tausende Male vorbeiziehende unscharfe Pfosten, hin und wieder ein Bahnhof. Es ist sehr poetisch geworden.

Allerdings haben wir diese Reise nicht freiwillig gemacht.

Wir hatten einfach vergessen, rechtzeitig einen neuen Reisepass für Fiona ausstellen zu lassen. Das ist in Berlin nämlich eine Herausforderung. Ich glaube, die Berliner Behörden mögen es nicht, wenn die Berliner allzu weit wegfahren, weswegen sie es einem extra schwer machen, Termine in Bürgerämtern zu bekommen, die einem den Pass verlängern. Man muss das Monate im Voraus planen. Wenn man es vergisst, kann man morgens um acht eine Nummer anrufen, an deren anderem Ende einem einer erklärt, dass er leider nichts für einen tun kann. Man kann aber auch morgens zwischen acht und neun online checken, ob irgendwo in einem Berliner Bezirk, dessen Namen man noch nie gehört hatte und von dessen Lage man nicht die blasseste Idee hat, Lichtenrade zum Beispiel, oder Lankwitz, in einer halben Stunde ein Termin frei ist. Es bietet sich an, dann bereits in einem Auto mit laufendem Motor zu sitzen.

Nach Venedig sind wir mitten in der Corona-Pandemie gefahren. Das war noch zu der Zeit, als man nicht diese professionellen Masken hatte, sondern alle Welt selbstgenähte Geschirrtuchfetzen über dem Gesicht trug. Wir haben vorgelesen und gespielt, wir haben damit andere Leute kennengelernt, wir haben neun Stunden Zugfahrt so verbracht, jeder mit seinem lustig bunten Lappen vor Mund und Nase.

Aber am liebsten bin ich Zug gefahren, als Fiona noch richtig klein war. Denn da konnte ich immer ins Kleinkinderabteil. Es gibt viele Eltern, für die ist das Kinderabteil der Horror. Für mich ist es eine Offenbarung. Kinderabteile erkennt man an einem Piktogramm, bei dem ein kleiner weißer Mensch mit blauen Schuhen auf blauem Hintergrund bei einem größeren weißen Menschen auf dem Schoß sitzt. Ich finde, das ist eine sehr realistische Darstellung. In der Tat ist eigentlich fast nie genug Platz im Kleinkindabteil, sodass jeder auf einem eigenen Sitz sitzen kann.

Es gab mal eine kurze Phase bei der Deutschen Bahn, da richteten sie ihre Kleinkindabteile so ein, dass beispielsweise ein bunter Spieleteppich auf dem Boden lag oder es ein Tier zum Daraufreiten gab oder sogar ein Klettergerüst sowie eine Bank, auf der ein Kind liegen und schlafen konnte. Aber das erschien den Machern dann doch zu schön und zu sinnvoll, und so bieten heute die allermeisten Kleinkindabteile außer etwas mehr Platz auf dem Boden, auf dem sich ein Elternteil zwischen einen Buggy und einen Kinderwagen und zwei spielende Kinder quetschen kann, absolut gar nichts extra an. Nur eben, dass sie Menschen vorbehalten sind, die sich in derselben irren Lebensphase befinden. Wobei das schon viel wert ist.

Noch alberner als die Ausstattung der Kleinkindabteile ist nur der Familienbereich, eine Erfindung der Bahn, weil die Nachfrage nach extra Familienplatz, wo die Kinder nicht telefonierende Geschäftsleute beim «Game of Thrones»-Schauen stören, so groß ist, dass die Kinderabteile immer schon ausgebucht sind. Der Familienbereich ist ein Großraumabteil in der Nähe der Wickeltisch-Toilette und des Bord-Restaurants. Er zeichnet sich dadurch aus, dass auf einem Klebeband an der Wand «Familienbereich» steht. Wenn sich jemand über den Kinderlärm beschwert, kann man als Eltern auf dieses Klebeband zeigen. Einen Kinderwagen kriegt man da in den meisten Modellen des ICE allerdings auch nicht unter, der einzige Platz, den es dafür gäbe, ist schwerbehinderten Menschen vorbehalten. Die dürfen also automatisch kein Problem mit lärmenden Kindern haben.

Im Kleinkindabteil wird man immer überrascht. Einmal stieg eine sehr junge Frau ins Kinderabteil ein. Sie trug Hidschab und Sonnenbrille, knallrote Lippen und einen knallengen Mantel und tat so, als sei sie nicht in Wuppertal, sondern in Dubai zugestiegen. Sie hatte zwei Jungs dabei, und ich dachte schon vorurteilsbehaftet, sie würde sicher die ganze Zeit auf ihr Handy starren, um sich über Trends der ästhetischen Chirurgie zu informieren, während die Jungs Ballerspiele daddeln, aber dann entpuppte sie sich als sehr lustig und gesprächig und spielte die ganzen vier Stunden plus zwei Stunden Verspätung bis Berlin so nett mit ihren Kindern, ignorierte sie, wenn es sein musste, ging auf sie ein, wenn sie drohten durchzudrehen, dass sie seitdem mein absolutes Vorbild ist. Immer, wenn ich heute ausrasten will, dann denke ich mir, nein, die Frau aus Dubai-Tal hätte jetzt ihr Kind auf den Schoß genommen und gesagt: «Du bist also auf Krawall aus.»

Im Kinderabteil packen nach kürzester Zeit alle Eltern eine riesige Auswahl an Essen auf den Tisch, sodass man seinen eigenen Proviant aufpeppen kann. Früher gab es verschiedene Gerichte für Kinder im Bordbistro, besonders beliebt waren die Nürnberger Rostbratwürstchen, aber das lief wohl auch zu gut, deswegen gibt es heute nur noch ein Gericht: pappige Nudeln mit wässriger Soße. Eine Zeit lang gab es auch Kinder-Menüs, aber auch die waren so populär, dass man sie heute fast nicht gar mehr findet.

In den Kindermenüs gab es auch immer eine Spielfigur, die in kindlicher Weise den Fuhrpark der Deutschen Bahn abbildete. Fiona hat das gesamte Sortiment dieser Plastikzüge in hundertfacher Ausführung. Wir haben den kleinen ICE und Opa Adler und Günni Güterzug und Robbi Regio und natürlich Ida IC, und ich habe mich so oft im Kinderabteil darüber aufgeregt, dass es nur ein einziges Mädchen gab, so wie bei den Schlümpfen oder anderen patriarchalen Fantasie-Geschichten, und dass sie natürlich nur der zweitschnellste Zug war, dass es vermutlich mal ein Mitarbeiter der Bahn gehört und an die Zentrale weitergegeben hat. Auf jeden Fall erfand die Bahn dann noch Sally S-Bahn, und kurze Zeit später ergatterten wir unser erstes Transspielzeug: Simsala SUM, ein gelbes Fantasie-«Schnellumbaufahrzeug», so der Fachbegriff der Bahn, mit fuchtelnden Armen und gefälschten Wimpern. Zumindest bin ich sicher, dass es trans ist. Wenn ich diese These anderen Eltern im Kinderabteil vorstelle, hat jedenfalls noch keiner widersprochen.

Im Kinderabteil habe ich große Freundschaften geschlossen. Manche dauerten die ganze Reise lang, andere haben sich bis heute gehalten. Einmal ist in Köln eine sehr nette, sehr schwangere Frau mit einem kleinen Mädchen eingestiegen. Sie sahen toll aus.

«Wart ihr auf einer Hochzeit?», fragte ich. Aber sie waren einfach nur aus Köln. Wenn man Berlin lebt, verliert man die Maßstäbe für Mode. Gemeinsam verteidigten wir das Familienabteil gegen eindringungswillige Menschen ohne Kinderbegleitung, dann machten wir uns gemeinsam über die Öko-Familie lustig, die zwischen Hamm und Hagen ihr Holzspielzeug auf dem Boden verteilte. Das schweißte uns zusammen. Von anderen Eltern kann man immer noch irgendetwas lernen für die eigene Kindererziehung, und sei es nur, dass man sich vornimmt, es niemals so wie die zu machen. Diese Leute, die ständig Sachen sagen wie: «Nein, Leander, Du hattest schon einen Dinkelkeks, den nächsten gibt es erst um elf Uhr.»

Lillys Mutter und mir gelingt es irgendwann, den Geschäftsreisenden auf dem Weg nach München schon vor Erfurt zu verdrängen. Das gibt uns die Gelegenheit zu einem längeren Gespräch über die Darstellung weiblicher Charaktere im Kinderbuch. Fiona hat nämlich ihr Leo-Lausemaus-Pixie dabei. Es ist das Buch, in dem Mama Lausemaus unverschämterweise nach drei Jahren Elternzeit wieder anfangen will zu arbeiten, was den kleinen Leo in eine Sinnkrise stürzt. Er wird getröstet von anderen Kindern aus dem Kindergarten, deren Mütter auch in prekären Beschäftigungsverhältnissen stehen. Und Mama holt natürlich auch nach drei Stunden ihren Leo wieder ab. Kotz. Lilly und Fiona malen währenddessen friedlich.

So ein Kleinkinderabteil ist ein Wohnzimmer auf Rädern. Man ist für eine sehr begrenzte und meist sehr intensive Zeit auf einmal ein Teil einer anderen Familie, die aus einer ganz anderen Welt kommt. Es ist immer ein Abenteuer. Andere Eltern gehen mit ihren Kindern zum Pekip oder zur musikalischen Früherziehung, damit die Kids mal mit anderen spielen, bevor sie in die Kita kommen. Andere Eltern lesen Erziehungsratgeber und hören Eltern-Podcasts. Ich bin Kinderabteil gefahren. Das ist wie Pekip und Erziehungsratgeber in einem.

Da viele Menschen mit kleinen Kindern auf die Bahn angewiesen sind, fragt man sich verzweifelt, warum die Bahn nicht pro Zug mit bis zu sechs Wagen einfach mal zwei Abteile mit etwas mehr Platz und einem Familienbereich-Klebeband spendieren könnte, aber dann wären die Züge noch voller und beliebter, und das scheint man sich im Vorstand der Bahn nicht zu wünschen.

6. VERSUCH

«OSEFA NICHT GUT» – WIE MAN IM AUTO ERINNERUNGEN FÜRS LEBEN SCHAFFT

THEORIE: *Wir steigen ein, der Weg ist das Ziel. Wir haben alles an Bord, wir brauchen nur uns. Wir düsen einfach los, gleiten durch die Welt, ohne Plan, ohne Orga. Wenn es uns irgendwo gefällt, halten wir an und bleiben, wir nehmen uns, was wir brauchen, aber schon bald lockt uns wieder die Weite. Wir vier haben unheimlich Spaß in unserer Raumkapsel. Wir lachen und singen, wir können alle mehrere Lieder mit mehreren Strophen auswendig, Rock, Britpop, Hip-Hop, nonstop. Wir spielen Spiele, die wir selbst erfunden haben, einfach so im Moment, weil wir so sind.*

Wir erzählen uns Geschichten. Matthias und ich strömen über vor packenden Berichten, wie wir damals aufgewachsen sind, von dem schrulligen Mathelehrer und den blöden Mädchen an der Schule und Fiona und vor allem Josepha, obwohl sie selbst noch gar nicht richtig sprechen kann, saugen die Anekdoten aus dem Leben ihrer Eltern gierig auf. Im Gegenzug bereichern sie uns mit ihren kindlichen klugen Einblicken ins Erwachsenenleben. Gemeinsam bestehen wir Abenteuer – im Rückblick, in der Zukunft. Wir sind frei. Liberté toujours.

PRAXIS: Kurz vor Aachen sagt Josepha: «Osefa nicht gut.» Sie sagt es sehr leise, aber deutlich.

«Oh, nein», singt der Reiselieder-Tonie.

«Liebling!», schreie ich begeistert. Keine Reaktion.

«Nicht schon wieder an die Ostsee», singt der Reiselieder-Tonie.

«Liebling!»

«Was?», schreit Matthias jetzt zurück.

Ich versuche, den Tonie zu übertönen: «Josepha hat gerade ihren ersten Drei-Wort-Satz gesagt.»

«Ihren was?»

«Osefa nicht gut», sagt Josepha wieder.

«14 Tage friern am Strand und der Schlüppi voller Sand», singt der Tonie.

«Was?», schreit Matthias.

«Josepha», schreie ich und deute auf das Kind, so als ob Matthias zwischendurch vergessen haben könnte, wer das ist.

«Was wollt ihr da nur wieder bloß, selbst im Saarland ist mehr los», singt der Tonie. Ich rupfe die kleine Mausfigur vom Sockel.

«Mach Sven van Thom wieder an», schreit jetzt Fiona.

«Ihre ersten Drei-Wort-Sätze», fange ich an zu erklären, «bilden Kinder eigentlich erst ab ...»

«Josepha kotzt», unterbricht mich Fiona und beweist, wie ausreichend bereits Zwei-Wort-Sätze sind, um die Kernbotschaft rüberzubringen.

«Was hat sie gesagt?», fragt Matthias.

«Wer, Fiona oder Josepha?»

«Josepha.»

«Ich glaube, sie hat gesagt, ihr ist übel», sage ich. «Vielleicht halten wir mal an.»

«Josepha kotzt immer noch», stellt Fiona fest.

«Ich kann hier nicht anhalten», sagt Matthias. «Was machen wir jetzt?»

«Bei mir hat früher immer Ingwer geholfen», sage ich.

«Haben wir welchen dabei?», fragt Matthias.

«Nein.»

«Haben wir eine Spuckschüssel?», fragt Matthias.

«Was heißt hier ‹wir›?»

«Haben wir oder nicht?»

«Warum eigentlich immer ‹wir›? Das sagst Du immer. Aber eigentlich willst Du wissen, ob *ich* mich gekümmert habe, ob *ich* Malstifte dabeihabe, oder ob *ich* halt eine Sch…»

Aber bevor ich Matthias noch erklären kann, dass ich nicht die Logistikzentrale der Familie bin und dass ich dieses «wir» satthabe, dass er so tut, als würde er mitmachen, was er ja durchaus immer wieder täte, aber halt nicht so komplett und total und absolut wie ich, und dass ich es satthabe, nachdem ich schon alle Koffer gepackt und die Provianttüten gepackt habe, von mir einfach immer nur noch mehr erwartet wird, und dass er mir ständig die Verantwortung überlässt, sagt Fiona:

«Jetzt kotzt Josepha nicht mehr», sagt Fiona. «Aber jetzt ist mir übel.»

«Weil Du ja auch unbedingt drei Liter Eistee trinken musstest», sage ich.

Voilà – unser erster Tag, eigentlich unsere erste Stunde unseres Frankreich-Urlaubs. Im Nachhinein könnte man sagen, wir hätten da umdrehen sollen. Denn ehrlicherweise war ich einfach viel zu schlecht gelaunt. Und eigentlich wäre es besser gewesen, ich hätte die drei mal miteinander in den Urlaub geschickt und hätte mich bei meinen Eltern in den Garten gesetzt, statt jetzt Pestlaune zu verbreiten und Dankbarkeit einzufordern.

Und, ein weiterer entscheidender Punkt, den wir zu dem Zeitpunkt noch nicht kennen: Solange wir im Auto sitzen, wird Joe kotzen. Und wir haben noch 800 Kilometer vor uns.

Ich drehe mich, so weit mein Sitz es erlaubt, und versuche, das Kind zu bespaßen. «Denkt euch mal was Neues aus, warum bleiben wir nicht zu Haus», singe ich mit dem Reiselieder-Tonie und Sven van Thom. Dabei mache ich mein Mama-verbreitet-gute-Laune-Gesicht.

Josepha fängt an zu weinen.

«Es wäre gut, wenn sie sich auf einen Punkt außerhalb des Autos konzentrieren könnte», sage ich. Ich verrenke mich im Gurt, greife nach ihren vollgekotzten Händen.

«Komm, wir spielen ‹Ich sehe was, was Du nicht siehst›!»

«Ich sehe was, was Du nicht siehst, und das ist rot», ruft Fiona.

Aber Josepha steckt so tief und sicher in ihrem riesigen Kindersitz, sie hat keine Chance, irgendwas zu sehen.

«Osefa nicht gut», sagt sie wieder.

«Schau mal, Schatz, das große blaue Schild da», sage ich. Aber da sind wir schon dran vorbei.

«Kann ich das Fenster aufmachen?», fragt Fiona.

Osefa kam in unser Leben, als es endlich etwas entspannter wurde mit Fiona. Als die Urlaube leichter waren, als sie zu Hause anfing, auch mal alleine Türmchen zu bauen oder mit den Schleichtieren zu spielen oder was zu malen. Dieser Entwicklungsschub unserer Fünfjährigen machte uns übermütig. Ein zweites Kind? Auf jeden Fall! Wir wissen ja jetzt, wie es geht. Haha. Wir Deppen.

Der Sommerurlaub mit dem Auto in Frankreich ist Josephas zweiter Sommer. Sie ist jetzt anderthalb, Fiona sechs. Wir waren in Köln bei meinen Eltern, haben da unseren Mietwagen abgeholt, und jetzt sind wir seit einer Stunde unterwegs. Der erste Stopp sollte eigentlich erst an der Loire sein. Wir wollen heute Nachmittag gegen vier Uhr dort sein, so früh, dass man noch etwas hat von Saumur. Vielleicht kann man an der Loire ein Picknick machen, vielleicht schaffen wir es sogar, das Schloss zu besichtigen. Wir haben ambitionierte Pläne, oder besser gesagt, wir hatten.

Während Matthias das Kind auf dem Herrenklo säubert, nehme ich mir den Innenraum des Autos vor. Es ist bemerkenswert, wie viel Flüssigkeit dieser kleine Körper aufnehmen beziehungsweise abgeben kann und wie diese den Weg bis in die hintersten Ritzen des Kindersitzes findet.

Zwei Feuchttuchpackungen später sieht der Innenraum wieder ganz okay aus, ich sprühe ein bisschen Clarins Eau des Jardins drauf, wie gut, dass ich das im letzten Moment in meine Handtasche geworfen habe. Beim Wiedereinsteigen weigert sich allerdings Fiona, sich nach hinten zu setzen. Und Josepha will gleich gar nicht in ihren Sitz, den wir mit Spucktüchern camoufliert haben. Wir bestechen sie mit Salzstangen und Fiona damit, dass sie vorne sitzen darf.

Wir sind keine Auto-Familie. Zumindest nicht im Alltag. Wir haben den alten Mercedes meiner Eltern geschenkt bekommen, aber in Berlin fahren wir eigentlich kaum damit, weil es immer so nervig ist, hinterher wieder einen Parkplatz zu finden. Der häufigste Grund, warum wir das Auto bewegen, ist, wenn die Eichen auf unserer Straße beschnitten werden. Früher musste man manchmal umparken wegen Umzügen, aber seit die Mieten so gestiegen und alle Eigentumswohnungen verkauft worden sind, geschieht das so gut wie gar nicht mehr.

Aber wir sind eine Urlaub-Auto-Familie, beziehungsweise: Matthias und ich waren ein Auto-Paar. Bevor Fiona auf der Welt war, haben wir uns am liebsten einfach am jeweiligen Flughafen ein Auto gemietet und sind los. Ohne Reiseplan, ohne Reservierung, nur mit einer groben Idee von der Richtung, und oft noch nicht mal das. Als Fiona dazukam, in unserer ersten, vielleicht nicht so idealen Urlaubszeit zu dritt, zeigte sich schnell, dass sie ein optimales Reisebaby ist. Wir hatten damit gerechnet, dass es bei Josepha, die sich vor etwas über einem Jahr zur Familie gesellte, ähnlich sein würde. Ist ja auch unser Kind.

Erste Zweifel kamen mir allerdings schon beim ersten Urlaub mit ihr, als sie noch keine neun Monate alt war, aber da waren wir nach Rom geflogen und hatten den Mietwagen nur für eine kurze Strecke in die Toskana, auf das Weingut, auf dem meine Schwester seit 25 Jahren Urlaub macht. (Ich fand es früher immer irre, dass man immer an denselben Ort fährt, aber seit ich weiß, wie stressig Urlaub mit Kindern ist, kann ich dem was abgewinnen.) Auf jeden Fall sind wir da meist nur sehr kurze Strecken gefahren, sodass ich das Gemauze von Josepha eher als Nebenphänomen wahrgenommen hatte. Sie hat ein paarmal geheult im Auto, aber wir wussten nie so richtig, warum. Aber jetzt kann sie sich offensichtlich deutlicher ausdrücken.

Die nächsten vier Stunden Richtung Paris fühlen sich an wie vier Tage. Ich lade immer wieder Wasser nach, es ist tierisch heiß, ich habe Schiss, dass Josepha dehydriert, aber das Fläschchen beruhigt sie auch. Sie trinkt, schläft ein, wacht auf, spuckt. Ich sitze neben ihr und sehe zusehends aus wie ein Gemälde von Jackson Pollock. Ich versuche, Josepha so gut es geht im Hochsicherheitssitz zu umarmen, wische ihr die Stirn und den Mund, während Fiona und Matthias vorne gut gelaunt den Reiselieder-Tonie in Endlosschleife hören.

«Braunes Wasser, rote Quallen, warten schon auf mich.»

Wir haben uns mittlerweile ganz gut auf der Rückbank eingerichtet. Joe hat ihren kleinen blauen Sandeimer auf dem Schoß, wenn sie unruhig wird, halte ich ihn ihr hin, ich kann die Signale jetzt immer besser lesen. Alle Sitzbänke sind mit unseren Strandhandtüchern ausgekleidet. Wir beide tragen so wenig wie möglich am Leibe, Haut kann man besser abwischen als Stoff. Noch besser wäre es vermutlich, wir säßen hier im Badeanzug. Die Verzweiflungsstufe habe ich allerdings noch nicht erreicht.

Kurz vor Paris versuche ich es mit Revolte. «Lass uns bitte halten, irgendwo in einem Park», rufe ich gegen den Toni an.

Nix.

«Hey, habt ihr nicht auch Hunger?»

Nix.

«Das Wetter ist auch so toll.»

Nix.

«Osefa nicht gut», sagt Josepha. Ab wann darf man Kindern Cola geben?

Ich googel schon mal vorsorglich: «Mietwagen abgeben Kinderkotze». Matthias und ich haben eine stolze Historie katastrophaler Mietwagen-Momente. Da war der eine, in den wir in Kroatien eine Schramme gefahren haben. Ich hatte gesagt, schau mal, Liebling, hier kann man doch ganz toll die

Küste runter an den Strand fahren. Allerdings endete der Weg in einem extrem steilen Stück in kleinen Steinhaufen. Beim Zurücksetzen schrammten wir hinten an, und ich Idiot war so ehrlich, bei der Abgabe drauf hinzuweisen. Ein Satz, der uns 621 Euro kostete. Beim nächsten Mal, da waren wir in Italien an eine Absperrungskette geraten, fragte uns der Mietwagenverleiher: «Tutto bene?», und Matthias, der eigentlich gar kein Italienisch kann, sagte schnell «Si, si» und sah mich streng an.

Dann gab es noch das Mal in Portugal, wo ich aus Versehen ein E-Auto gemietet hatte. Und das, wo ich den falschen Tag angegeben hatte. Und einmal, bei Sixt, als wir das Auto irgendwo auf einer Tankstelle mitten im Industriegebiet abgeben mussten und dann auch noch das Auto selbst waschen und saugen sollten. Also einer von uns musste waschen und saugen, der andere musste aufpassen, dass die Kinder nicht vor die Autos in der Tankstelle liefen. Wir sind dann mit dem Uber zurück in die Innenstadt, Öffentliche Verkehrsmittel fuhren dort nicht.

Oder das Mal in San Remo, wo sie uns einfach das Doppelte abgebucht haben, weil wir so schlau sein wollten, mal einen örtlichen Mietwagendienst auszuprobieren. Allerdings haben wir diesen Mietwagen auch besonders ausgiebig genutzt, wir hatten nämlich ein Ferienhaus von Freunden gemietet in einem kleinen Ort in der Nähe des Strandes. In der Woche, in der wir da waren, gab es das jährliche Shakespeare-Festival. Ich war total begeistert, stellte mir vor, dass wie bei den Salzburger Festspielen alle Plätze und Gassen voller Schauspieler und Statisten in ihren Kostümen seien und der ganze Ort eine riesige Bühne, von überallher kämen Leute. Tatsächlich kamen auch von überallher Leute, allerdings mit ihren Autos. Das bedeutete: Wir mussten jeden Tag um fünf vom Strand zurückfahren, um dann eine Stunde am Steilhang im Stau zu stehen und eine weitere Stunde einen Parkplatz zu suchen. Einmal parkte Matthias so weit weg, dass wir das Auto nicht wiederfanden.

Dieser BMW, in den Josepha gerade kotzte, würde am Ende der Reise auch extrateuer werden. Ein Reifen war abgenutzt, wir mussten ihn wechseln lassen. Die Kosten mussten wir selber tragen.

Ich habe mich als Kind im Auto auch oft übergeben. Ich erinnere mich gut daran, wie ich mit dem halben Kopf aus dem Fenster hing. Ich erinnere mich daran, wie mein Vater auf den Seitenstreifen fuhr, wie er mir die Haare aus dem Gesicht strich, während ich ins Gebüsch brach.

Trotzdem bin ich gerne mit meinen Eltern im Auto in den Urlaub gefahren. Auch wenn es natürlich sehr, sehr langweilig war und irre lange dauerte und heiß war oder kalt. Alles Informationen, die meine Schwestern und ich im Minutentakt nach vorne durchgaben. Natürlich stritt ich auch ständig mit meinen beiden Schwestern, darüber, wer mehr Platz einnimmt, wessen Kassette jetzt gehört wird, wer wo sitzen darf. Der Platz hinter meiner Mutter war am unbeliebtesten, weil mein Vater, wenn wir ihn so richtig genervt haben, auch mal nach hinten geschlagen hat. Er traf uns natürlich nicht so, dass es einem wehtat, aber man saß halt doch nicht so gerne in der verlängerten Armlänge.

Als es noch ging, saß ich oft im Fußraum. Eine Zeit lang passte ich auch auf die Hutablage, aber als uns einmal Polizisten in Italien auf der Autobahn anhielten und fragten, ob meine Eltern von allen guten Geistern verlassen seien, wurde das eingestellt. Angeschnallt war nie jemand, und ich erinnere mich auch an keine Kindersitzerhöhungen. Ich erinnere mich auch nicht dran, dass wir meine Eltern genervt haben, aber ich erinnere mich gut daran, dass meine Eltern oft genervt waren. Also gab es da eventuell etwas, das ich ausgeblendet habe.

Meine Eltern fuhren immer Mercedes, aber niemals das neueste Modell. Der erste war kanariengelb, der zweite metallicgrün. Als wir schon aus dem Haus waren, kam ein silberner hinterher, und der steht jetzt bei uns in Kreuzberg. Der Mercedes war geräumig, aber nicht unbedingt bequem. Er war verlässlich. Als ich Kind war, waren die Autos viel näher an der Straße, mehr auf Abenteuer und Aussicht ausgelegt als auf Sicherheit und Abschottung. Man kurbelte die Fenster runter und spürte den Wind, die Kälte des Abends, man roch das Meer, wenn man sich ihm näherte.

Ich erinnere mich, wie ich, wenn ich in der Mitte sitzen musste, den Kopf auf die Armlehne meines Vaters legte und mit ihm redete, oder wie ich meiner Mutter zuhörte, wenn sie für uns sang. Ich sehe sie vor mir, wie sie auf dem Beifahrersitz sitzt und «Kein schöner Land in dieser Zeit» singt, und ich dachte mir, was für eine schöne Mutter ich habe. Sie hat eine sehr warme Altstimme, geübt vom Kirchenlieder-Singen. Wir haben, als wir klein waren, auch gemeinsame Urlaubsbücher gehabt, die wurden dann im Auto gelesen. Bis meine Schwester 19 wurde, haben wir das gemacht. Meine Eltern waren beide berufstätig, beide Vollzeit, sie hatten viele Freunde und viele Interessen, die ihnen Spaß machten, neben der Familie. Für die Zeit im Auto gehörten sie nur uns. Man konnte auch besser reden, wenn man aus dem Fenster starren konnte. Wenn man nicht immer sofort antworten musste. Wenn auch mal alle still sein konnten.

Wenn ich an Urlaub mit meiner Familie denke, sehe ich ganz deutlich den Innenraum unseres Autos vor mir. Die schwarzen Locken meines Vaters an der Nackenlehne, die Beine meiner Mutter auf dem Sitz, ihr blonder Bob im Wind.

Jede Autofahrt hatte natürlich ihre Rituale. Meine Mutter war spektakulär schlecht im Proviant-Packen. Immer stand ein großer Korb im Fußraum des Beifahrersitzes, aber da waren nur langweilige Sachen wie Wasser, Obst und Vollkornbrot mit Ziegenkäse drin. Wenn man großes Glück hatte, gab es Würstchen. Die hatte dann aber mein Vater gekauft, dem Kinderseelen immer sehr nah waren. Noch vor der ersten Ampel fingen meine Schwestern und ich an, den Proviant zu essen. Manchmal hatten wir ihn schon vor dem Kreuz Köln-Süd aufgegessen. Zumindest die besseren Dinge, die Babybels, wenn es die mal gab, oder die Tuc-Kekse. Allerdings erhöhte das die Chance auf Tankstellenchips, die einzige Form von Chips, die meine Eltern in meiner Kindheit jemals gekauft haben. Wer unterwegs kotzte, für den war an der Tankstelle auch schon mal 'ne Cola drin, die imperialistische Brause, auf die sonst Verachtung stand, wenn man sie in einem Lokal hätte bestellen wollen. Beim Autofahren konnten schon mal Dinge drin sein, die sonst aufs Strengste geahndet wurden.

Meine Eltern waren und sind unerschrockene Autofahrer. Einmal fuhren wir von Köln bis nach Genua, nur um dann festzustellen, dass man die Autofähre nach Sizilien vorher hätte bestellen müssen. Woraufhin mein Vater kurz entschlossen einfach weiter Richtung Süden fuhr und die tausenddreihundert Kilometer im Wechsel mit meiner Mutter runterrockte. Irgendwann, mitten in der Nacht, waren wir alle so durch, dass mein Vater einfach die nächstbeste Ausfahrt nahm, irgendwo in Kalabrien, kurz vor Cosenza. Wir landeten in einer absurden kleinen Stadt, lauter alte Steinhäuser, teilweise Ruinen, es gab kaum Straßenlaternen, die wenigen, die funktionierten, hatten extrem grelles Licht.

Vor den Häusern saßen Männer in weißen Unterhemden an Tischen und spielten Poker. Ich dachte für einen Moment, wir seien in der Filmkulisse für den Paten gelandet. Langsam fuhren wir durch die Straßen, suchten nach etwas, das wie eine Pension aussah. Die Männer, an denen wir vorbeifuhren, beobachteten uns skeptisch. Ich hatte Angst, dass die gleich einen Revolver ziehen. Die Pension, die wir schließlich fanden, war total verlassen. In den Zimmern waren nur Betten, noch nicht mal ein Tisch. Es war der Sommer 1988, der Sommer der Geiselnahme von Gladbeck. Ich glaube, in der Nacht habe ich kein Auge zugetan.

Meine Schwestern und ich, wir erinnern uns an Fahren im Auto, wie wir uns an die Folgen von *Friends* erinnern. Weißt Du noch die, wo Du die Puppe von Sibylle aus dem Fenster geworfen hast? Weißt Du noch, wo wir auf Sizilien mitten in einer kleinen Altstadt einfach stecken geblieben sind zwischen zwei Häusern, weil die Straße so eng war? Und wir dann aus dem Schiebedach rausklettern mussten? Weißt Du noch die, wo Papa Dich an der Raststätte rausgesetzt hat, weil Du so rumgemotzt hast, und dann erst mal weitergefahren ist? Weißt Du noch, wo wir einmal ohne Dich aufgebrochen sind, weil Du noch auf dem Klo warst, und keiner hatte es mitbekommen? Weißt Du noch, wie Eva zum ersten Mal fahren durfte und gegen die Leitplanke steuerte? Und auch wenn das jetzt erst mal nicht so klingt, sind das alles sehr schöne Erinnerungen.

Das Gefühl allergrößter Geborgenheit wird in meiner Erinnerung immer bleiben, wie nachts, nach einer langen Fahrt nach Hause, bei der ich im Auto eingeschlafen war, mein Vater mich auf den Arm nahm und halb schlafend ins Haus trug.

Kurz vor Tours kommen wir wieder in einen Stau. Wir machen die Fenster auf. Ich lege meinen Kopf auf Matthias' Nackenlehne. Beide Kinder sind eingeschlafen.

«Wir haben das Schlimmste hinter uns», sage ich zu Matthias.

«Das sagst Du immer», sagt Matthias.

Wir lachen.

Unsere erste Nacht verbringen wir in Saumur, eine unfassbar schöne kleine Stadt an der Loire, mit gotischem Schloss und romanischer Kirche und genau so einer Altstadt, wie man sie aus französischen Filmen kennt. Als wir ankommen, ist es natürlich viel zu spät, um noch irgendwas zu besichtigen. Aber die Stadt ist auch als Kulisse schon herrlich genug. Wir essen draußen, in einem Restaurant mit Riesenterrasse direkt an der Loire, wir schlafen in einem kleinen Apartment mit Terrazzo-Boden und verschnörkeltem Balkon-Gitter direkt über einer Boulangerie, und sollte ich mal einen französischen Roman schreiben, dann buche ich mich hier ein.

Am nächsten Morgen bummeln wir durch die Stadt, frühstücken in der Sonne und kaufen auf dem kleinen Markt ein Kleid für Fionas Einschulung im August. Nur Josepha weint fürchterlich, als sie wieder ins Auto einsteigen muss. Diesmal müssen wir allerdings nicht mehr ganz so weit.

Wir sind eine Woche lang zwischen Bordeaux und Arcachon in La Teste-de-Buch, in einem kleinen Haus mit eigenem, total vertrocknetem Garten und kaum vorhandener Infrastruktur. Immer, wenn wir zu Hause sind, packe ich Strandtaschen und Picknickkörbe, koche oder räume die Küche auf. Den Kindern erlauben wir lineares Fernsehen auf Französisch, das sorgt dafür, dass sie gar nicht ganz so viel schauen wollen. Wegen Josepha verwerfen wir die ursprünglichen Reisepläne, skippen Bordeaux und den Stopp in Arcachon und machen aus dem Rest des Urlaubs die Rückfahrt, die wir in Etappen von je vier Stunden mit Übernachtungen zwischendurch aufteilen. So reisen wir zwar insgesamt sehr viel länger zurück. Aber auch sehr viel entspannter.

Dieser Frankreich-Urlaub geht wie immer ganz anders in die Familienchronik ein, als ich ihn mir vorgestellt hatte. Ich dachte, wir werden Hunderte Loire-Schlösser besichtigen und die Kinder werden sich ihren Prinzessinnenträumen hingeben. Tatsächlich haben wir sogar in einem Loire-Schloss geschlafen, aber nicht im Prinzessinnen-Bett, denn das hat Fiona Angst gemacht. Stattdessen war dieser Urlaub der, wo wir diesen tollen Bowl-Laden direkt an der Ferienwohnung hatten, wo wir uns in Cap Ferret verliebt haben und seinen gigantischen Ebbestrand voller kleiner Pools, in denen die Kinder im magischen Licht spielten wie in einer Mondlandschaft, die plötzlich in den Sommerurlaub gefallen war. Das war der Urlaub, wo der Hund des Vermieters Fionas Ball gegessen hat und wo Josepha, jedes Mal, wenn wir ins Auto gestiegen sind, in ihren kleinen hellblauen Strandeimer, der wie ein Wal geformt war, gekotzt hat.

7. VERSUCH

FERIEN MIT WIR-GEFÜHL – VON VERGEBLICHEN VERSUCHEN, SICH ERHOLUNG ZU ERKAUFEN

DIE THEORIE: *Cluburlaub ist Mental unload. Schon am Eingang wird man von gut gelaunten Menschen begrüßt, die hier eigentlich gar nicht arbeiten, sondern nur für Fun Fun Fun und Physical upload da sind. Alles ist mit weichen Teppichen gedämmt und weißen Tischdecken veredelt und Ton in Ton gehalten. Rund um die Uhr werden von fröhlichen Menschen Speisen zubereitet und angeboten, es gibt Pools für jede Schwimmkompetenz und für jedes Wärmeempfinden, es gibt ein unglaubliches Angebot an Sportarten, die alle riesigen Spaß machen. Kaum verlässt man einen Raum, räumt hinter einem jemand das ganze Chaos weg, das man hinterlassen hat. Permanent nehmen einem helfende Hände die Aufgabe ab, den Tag selbst zu gestalten, dauernd kommt jemand vorbei, um einem zu sagen: Hey, wir machen jetzt Bogenschießen / Power Training / Töpfern / Cocktail-Mixen, habt ihr Lust?*

Cluburlaub ist wie selber das Kind sein, und der Club sind die Eltern, die alles für einen planen und machen, und man selber muss nur schreien: Hunger! Langweilig! Und schon springen alle. Die Tage verlaufen komplett ohne Konflikte. Rund um die Uhr erobern wir gemeinsam die grenzenlose Welt der gemeinsamen Aktivitäten, das unglaubliche Speisenangebot bringt die Kinder dazu, selbst exotischste Sachen wie Gemüse zu essen. Nach einer Woche haben wir tausend neue Fähigkeiten gelernt, wir sind so entspannt und fit wie noch nie.

DIE PRAXIS: Der Berliner Senat, eine Institution, die sich durch besonderen Ideenreichtum auszeichnet, wenn es darum geht, Eltern zu schikanieren, hat sich irgendwann einmal, in einem dieser eiskalten, dunklen Berliner Januaren, die Winterferien ausgedacht. Wenn alle noch erschöpft von Weihnachten sind, wenn noch keiner Lust auf Karneval hat, wenn sich alle überfressen fühlen, sich nach Bewegung sehnen, wenn alle nur froh sind, dass gerade ein bisschen Normalität eingetreten ist nach dem wochenlangen Zimtplätzchenbacken, dem Brombeerfarbenen-Pulli-für-meinen-Vater-Finden und dem Warum-feiern-wir-dieses-Jahr-eigentlich-schon-wieder-bei-deiner-Mutter?

Genau dann dürfen Eltern ihre Kinder eine Woche lang zu Hause betreuen. Aber diesmal ohne all die Gadgets, die der Sommer so mit sich bringt. Ohne Freibad, ohne lange Abende im Park und vor allem ohne andere Kinder auf den Spielplätzen. Wenn es überall grau ist und kalt und nass und einsam.

Mein Urlaub im Familienluxushotelclub beginnt also sechs Monate vorher, bei Fionas allerersten Schulferien, den besagten Winterferien. Es ist Ende Januar mitten in Berlin bei drei Grad und Niederschlägen von mehr als 15 Liter pro Quadratmeter pro Stunde, es ist drei Uhr nachmittags und bereits stockdunkel. Ich kämpfe mich mit den schreienden Kindern durch den Wind und den Regen, wir waren vier Stunden im Bode-Museum, eine davon im Café, wo jeder natürlich unbedingt sein eigenes Stück Torte haben musste, und 40 Euro später, eine weitere Stunde im Museumsshop, wo wir uns mit folgenden Dingen ausstatten: Josepha mit einem Sack Glasmurmeln für 12,90, Fiona mit einer Miniskulptur der Prinzessinnen Luise und Friederike von Preußen als Radiergummi für 9,80 Euro und ich mit der Schlafmaske «Nofretete» für 18 Euro. Fiona und ich werden unsere überteuerten Kostbarkeiten beide sofort verlieren, bei den Murmeln dauert es unwesentlich länger.

Nach dem erschöpfenden Auswahlprozess haben beide Hunger, weil sie die Torten natürlich gar nicht mochten, mir ist schlecht, weil ich natürlich beide Tortenstücke gegessen und die Kakao-Reste ausgetrunken habe, und absolut keiner hat mehr Bock auf auch nur eine einzige weitere Minute dieses ersten Ferientages.

«Okay», sage ich zu mir, als wir dann für weitere 60 Euro im Steak-House speisen, «das mache ich nicht noch mal.»

«Das» ist zu Hause bleiben während der Winterferien. Während einer ganzen Woche lang machen wir verzweifelte Aktionen wie diese, alles im schwarzen Starkregen. Während keine andere Sau in der Stadt ist und sämtliche Schwimmbäder wegen Restaurierung geschlossen sind, gehen wir ins Technikmuseum und ins Naturkundemuseum und ins Mitmachmuseum und ins Labyrinthmuseum und ins ANOHA Kindermuseum und ins Museumsdorf Düppel. Wir fahren ewig hin und ewig zurück, und jedes Mal werden wir NASS.

Ich hatte gedacht, man könnte mit einem Krabbelkind und einer Siebenjährigen auch «zu Hause chillen». Ich kann sehr naiv sein. Spätestens um sieben sind beide Kinder wach und attackieren mich mit «Hunger, Hunger!»-Rufen. Matthias geht ins Büro, ich verfluche, dass ich nicht doch den Hort gebucht habe, wofür er plädiert hatte, und starte den Tag. Ich mache Pfannkuchen und Waffeln und spiele Obstgarten und Obstgarten und Obstgarten. Und irgendwann ist es neun Uhr, und ich frage mich, wann wir wieder ins Bett gehen können.

«So, jetzt macht ihr mal was alleine», sage ich streng, meist gegen elf. Aber das hilft nichts. Es gibt nichts Ineffektiveres, als Kindern zu sagen, dass sie spielen sollen. Nach dem 15ten «Mama, mir ist langweilig» gebe ich genervt auf und wir ziehen ins nächste Museum.

Am letzten Tag dieser sehr zähen Winterferienwoche – ich habe mich in die Badewanne gerettet und die Tür abgeschlossen – mache ich also etwas, von dem ich mir geschworen hatte, es nie zu tun: Ich buche einen All-inclusive-Cluburlaub. 1600 Euro für mich, 850 Euro für Fiona, 850 für Josepha. Als die Bestätigungsmail eintrudelt, Betreff «Wir freuen uns, Sie bald bei uns verwöhnen zu dürfen», strömt eine Welle guten Gefühls durch meinen schaumgebadeten Körper. Zuletzt habe ich mich so gefühlt, als bei Josephas Geburt das Morphium seine Wirkung zeigte. Ich atme tief durch, eine Last fällt von mir ab. Von da an kann ich wieder das Wort «Ferien» hören, ohne einen hysterischen Lachanfall zu bekommen.

All inclusive, das bedeutet für mich: Jemand anders kümmert sich. Jemand anders organisiert. Und ich stehe einfach nur da und schreie «Hunger, langweilig», genau so wie meine Sechsjährige und die Zweijährige.

Denn was Kinder-Haben richtig anstrengend macht, sind nicht ihre Wutanfälle in der Kita-Garderobe oder in der Kassen-Schlange, auch nicht die Diskussionen über Mütze-Anziehen oder Wo-ist-denn-schon-wieder-die-Mütze, auch nicht das ständige Shutteln durch die Stadt zu diversen Freizeitaktivitäten. Was Kinder-Haben richtig anstrengend macht, ist der Mental Load. Dass man 24/7 alles durchgeplant haben muss. Wer muss wann wo sein, wer holt wen wann ab und welche Utensilien werden dabei von wem gebraucht und wer stellt das bereit? Und natürlich die Frage aller Fragen: Was gibt es zu essen?

Matthias und ich haben diverse Chat-Gruppen mit vielen anderen Eltern und auch mit uns selbst, in denen es ausschließlich um Logistik und Ernährung geht. «Könnt Ihr Josepha um halb fünf zum Ballett mitnehmen, weil Fiona um sechs ein Fußball-Turnier am anderen Ende der Welt hat und ihre Babysitterin krank ist? Christian holt sie dann um sieben mit dem Rad bei Euch ab. Sie hat dann ihren Schulranzen dabei und Hunger.»

Meistens unterhalten wir uns da aber mit uns selbst.

«Du wolltest doch Fiona morgen von Frieda abholen.»

«Wo ist eigentlich ihr Sportzeug?»

«Was soll ich kochen?»

Jeder schreibt so rein, was ihn bewegt. Auf Antwort hofft man da nicht unbedingt.

Ein halbes Jahr später, am ersten Tag der Herbstferien, kommen wir am Bahnhof von Waren an der Müritz an. Weil der Club so teuer ist, wollte ich anderswo sparen und habe mir einen Ort ausgesucht, wohin man sehr billig mit der Bahn fahren kann. Außerdem kotzt Joe dann unterwegs nicht.

Leider habe ich nur seit einem halben Jahr einen neuen Job, der mich total stresst. Mein Chef stresst mich, meine Kinder stressen mich, mein Mann stresst mich, aber am allermeisten stresst mich, dass mich alles stresst. Irgendwas muss ich reduzieren. Und da kommt der Cluburlaub ins Spiel. Der Job und der Chef können nicht nerven, wenn ich Urlaub nehme. Die Kinder können nicht nerven, wenn die ins All-inclusive-Dauerbespaßungs-Paradies fahren. Und mein Mann kann nicht nerven, wenn ich ihn da nicht mit hinnehme. Easy.

Nach kurzer, fröhlicher Zugfahrt – Josepha muss nur zweimal aufs Klo, rennt nur einmal gegen eine Glastür, springt nur einmal vom Tisch gegen die Tischkante des Nachbartisches und kippt nur fast die Apfelschorle um, die sie unbedingt haben musste – steigen wir in Waren an der Müritz aus, um den Shuttlebus zum Club zu suchen. Der fährt jeden Tag um 14 Uhr. Und wir sind pünktlich. Fiona ist bester Laune, sie hat ihren Koffer selbst gepackt und schiebt ihn jetzt auch selbst.

«Ich finde den Bus, Mama», verkündet sie. Sie werden ja so schnell groß. Joe schläft. Was bedeutet, dass sie anstandslos im Kinderwagen sitzen bleibt, was auch mir gute Laune macht.

Wir schieben unsere Kofferparade die Serpentinen des barrierefreien Zugangs hoch und landen mitten im Nichts. Hinter uns ist der Bahnhof, vor uns liegt ein sehr großer freier Platz mit verlassenen Bushaltestellenhäuschen, dahinter kommt ein Wohnviertel, Straßen, Häuser, Straßen, alles menschenleer, und von öffentlichem Nahverkehr keine Spur. Wir schieben unsere Koffer etwas unschlüssig den Platz rauf und runter. Fiona macht bereits ihr Krisengesicht. Wie sich rausstellt, hat man bei Waren (Müritz) einfach den Bahnhof zwei Kilometer von der Innenstadt entfernt hingebaut. Wer macht so was? Ist nicht die ganze Idee von Bahnhöfen, dass sie dort sind, wo drum herum eine Stadt ist? Man fährt doch irgendwohin mit dem Zug, um dann irgendwo anzukommen, und nicht, um von da aus weiterzufahren. Das ist doch mein All-inclusive-Urlaub!

Dann ruft ein Kollege an. Ich erkläre zwar, dass ich im Urlaub bin, aber es ist die Sorte Kollege, die trotzdem auf einen einredet, um einen über irgendwas zu informieren, was niemanden interessiert, nur damit er nicht alleine die Verantwortung dafür trägt. Als ich auflege, meldet sich Fiona mit hochgerecktem Zeigefinger. Die erste Klasse hinterlässt ihre Spuren.

«Ja, bitte», sage ich.

«Ruf die in dem Club doch mal an», schlägt Fiona vor. Mein kluges Kind.

«Willkommen im Robinson Club Fleesensee», meldet sich die Stimme am Telefon.

«Eben nicht», sage ich.

«Bitte?»

«Ja eben nicht willkommen, sonst wäre ich ja jetzt da. Aber das sind wir nicht.»

«Entschuldigung, ich verstehe nicht ganz, was Du meinst. Hier ist der Robinson Club.»

«Ja, da, aber nicht hier.»

«Bitte?»

Ich kürze die Sache ab, ich habe ja Verständnis dafür, wenn nicht jeder meinen Humor teilt. «Wir sind in Waren und suchen den Shuttlebus.»

«Ach so», lacht die Stimme am anderen Ende. «Jetzt verstehe ich. Der fährt gerade nicht.»

«Ah», sage ich, «und wann fährt er wieder?»

«Ab März.»

«Gibt es einen Linienbus?»

«Nein, nur Shuttlebus.»

«Ja, aber der fährt ja nicht.»

«Doch, der fährt von März bis Oktober.»

Eine 67 Euro teure Taxifahrt später stehen wir am Empfang des Robinson Clubs. Der Eingang macht auf rustikal, die überdachte Vorfahrt für die Autos sieht aus wie eine Scheune, die Gebäude selbst sind auf überdimensionierte Fachwerkhäuser gestylt. Die Glastüren gehen auf, wir gehen rein, eine wohlige Wärme empfängt uns. Ich bin sofort entspannt. Fiona testet sofort die Schuhputz-Maschine und schmiert schwarze Schuhcreme auf ihre neuen türkisfarbenen Lederstiefel. Ich bin entspannt. Joe wacht auf und fängt sofort an zu jammern, als sie sieht, dass sie nicht zu Hause ist, was sie hasst. Aber ich bin entspannt. Alles ist groß und hell und freundlich, und überall gibt es Menschen in Corporate-Design-T-Shirts, die einen duzen und einem mit etwas helfen wollen.

«Willkommen im Robinson Club», sagt die Frau am Empfang, und jetzt stimmt es. «Eure Sachen bringen wir gleich ins Zimmer, es gibt noch Mittagessen, geht doch gerne gleich in den Speisesaal.» Sie lacht, ich lache auch. «Ich habe auch drei Coupons für Euren Begrüßungsdrink an der Bar.» Ich liebe sie. «Und dann erkläre ich euch jetzt noch kurz ...»

Aber was sie erklären will, werden wir nie erfahren. Denn in dem Moment rennt ein großer Pulk Kinder an uns vorbei, in ihrer Mitte ein Walking Act, das Maskottchen der Club-Kinderbetreuung. Eine über zwei Meter große Plüschrobbe, die durch die Lobby wackelt. Joe entdeckt das Riesenmonster und verfällt in ohrenbetäubendes Gebrüll.

Die Frau beim Check-in wartet kurz. Joe schreit. Die Frau wartet weiter. Wir lächeln uns an, mir wird heiß in meiner warmen Winterjacke. Aber es wird nicht leiser. Alle Versuche, Joe zu beruhigen, schlagen fehl. Sie schreit und schreit. Fiona ruiniert sich in der Zwischenzeit weiter seelenruhig ihre Stiefel. Ich nehme also der Frau den Plan der Anlage aus der Hand, packe unser Gepäck auf einen Wagen, rufe durch das

Gebrüll etwas wie: den Rest machen wir später, und schiebe die Kinder Richtung Speisesaal.

All-inclusive-Club-Anlagen gehören zum Gebiet der Urlaubsarchitektur, eine Fachrichtung, die ich bisher vermieden habe. Urlaubsarchitektur simuliert eine organisch gewachsene Gemeinschaft, ist aber in Wahrheit komplett durchgeplant und sehr unorganisch blank geputzt. Unsere Anlage ist eine Mischung aus Dorf-Simulation und Schlafstadt. Die Idee hinter den Robinson Clubs ist, dass man während der Ferien ein «Wir-Gefühl» schafft. Ich finde das gut, denn man sagt doch, dass man ein Dorf braucht, um ein Kind großzuziehen. Und deswegen setze ich darauf, dass ich hier genau dieses Dorf für meine Kinder finde, auch wenn es ein SEHR teures Dorf ist. Denn ich brauche dringend etwas mehr «Ich»-Gefühl, genauer gesagt «Ich-ohne-Euch»-Gefühl.

Die Orte, an denen man sich zum «Wir»-Gefühl versammeln soll, liegen im Zentrum. Zum Beispiel der Speiselandschaft, die wir jetzt staunend betreten.

Der Clubplaner scheint ein Fan der Landwirtschaft zu sein. Alles ist mit Holz verkleidet, überall sind Dachbalken wahllos verteilt. Es gibt Essräume über zwei Etagen, davor liegt die riesige begehbare Küche. Alles ist überdimensioniert, auch das Menü: Andächtig gehen die Kinder und ich die langen Gänge der Erlebnisgastronomie entlang, wir sind die einzigen Gäste, es fühlt sich so an, als wären wir aus Versehen hier eingeschlossen worden, wo wir gar nicht hingehören: Es gibt das Well-Fit-Menü, es gibt ein riesiges Salatbüfett, es gibt Schweinelendchen mit Pflaumen, es gibt Tafelspitz, es gibt Jakobsmuscheln mit beurre noisette, es gibt Pizza und Wiener Schnitzel und Pfannkuchen mit Apfelmus. Leider habe ich immer noch die schluchzende Joe auf dem Arm. Und die sagt: «Nix essen. Bäh.»

Fiona entscheidet sich für Pfannkuchen mit Apfelmus. Ich kann Joe überreden, über einen Teller Nudeln *mit* Tomatensauce nachzudenken. Aber sobald ich den befüllt habe, habe ich keine Hand mehr frei für eigenes Essen. Und ausgerechnet jetzt ist keiner der freundlichen Club-Mitarbeiter da für mein «Wir»-Gefühl und auch keine anderen Gäste. Die Hauptspeisezeit ist längst vorbei. Fiona will jetzt auch noch Nudeln. Und dann schreien beide laut auf: Sie haben einen riesigen Berg Fleischbällchen entdeckt. Wir laden alle Speisen, die wir normalerweise über eine ganze Woche verteilt essen, auf unterschiedlich große und unterschiedlich handhabbare Teller. Leider gibt es keine Tabletts, und so jonglieren wir alles irgendwie halbwegs unfallfrei in den Speiseraum. Nur einmal rutscht etwas Tomatensoße auf Fionas Pulli, aber der muss eh gewaschen werden.

Der Speiseraum ist leer, bis auf eine Familie ganz hinten am Fenster in Funktionskleidung.

«Ich will hier sitzen», kräht Joe und erklimmt eine Eckbank.

«Nein, wir sitzen hier», bestimmt Fiona und sucht sich einen komplett anderen Tisch aus. Die Wände zieren hellbeige auf dunkelbeige Kalendersprüche, die man selbst als extremst kurzsichtiger Mensch noch lesen kann.

«Nimm die Menschen, wie sie sind, andere gibt es nicht.» Okay. Gerade gibt es hier ja ohnehin gar keine Menschen.

Wir einigen uns darauf, dass wir bei Fionas Tisch bleiben, dafür darf Joe auf meinem Schoß sitzen. Sie hat immer noch Angst vor dem Monstermaskottchen. Deswegen besteht sie auch darauf, auf meinem Arm zu bleiben, während ich mir jetzt etwas zu essen hole. Doch ich komme zu spät. In der Küche ist alles im Handumdrehen abgeräumt worden. So als wäre ein böser Zauberer am Werk. Die Auslagen strahlen blitzblank silbern. Ich fange an zu begreifen, wo das größte Hindernis in diesem Urlaub liegen könnte.

Aber da habe ich mich getäuscht.

Nach dem Essen suchen wir unser Zimmer. Wir laufen wieder endlose identische Gänge entlang, durch drei Gebäude durch, ein paarmal stoßen wir auf Türen, bei denen sich Joe und Fiona jedes Mal streiten, wer sie öffnen darf. Ein Motiv, das sich die ganze Woche über halten wird. Im Zimmer stellt sich heraus, dass Fiona zwar drei Badeanzüge eingepackt hat, dafür aber nur eine Unterhose und keinen zweiten Pulli. Also wasche ich erst mal im Waschbecken Tomatensoße aus, während die Kinder austesten, wie hoch man auf dem Bett springen muss, damit man runterfällt. Ich schicke Matthias eine SMS: «Sind angekommen.»

«Jetzt erst?», schreibt er zurück.

«Es war kompliziert.»

«Ich dachte, Du bist auf dem Mental-unload-Trip.»

Ich schreibe: «Es ist fantastisch.»

Weil wir zu dritt sind, haben wir zwei Zimmer, das ist praktisch, denn ich räume sofort die ganzen Koffer einfach in das kleinere Zimmer.

«Das kann ja Euer Zimmer sein», sage ich den Kindern. Aber das glaube ich mir ja noch nicht mal selbst. Fiona und Josepha machen in der Zwischenzeit eine Lightshow mit den dreihundert Lichtschaltern, bis ich kurz ausflippe. Dann räumen wir das große Zimmer um, damit keiner außer mir aus dem Bett fallen kann. Josepha schaut fasziniert auf den riesigen schwarzen Flatscreen gegenüber vom Bett. Bevor das Gequengele losgeht, breite ich schnell den Plan der Anlage auf dem Bett aus.

«Ich will ins Schwimmbad», schreit Fiona.

«Ich will auf den Spielplatz», schreit Joe.

«Es gibt hier einen ganz super Kinderclub, da sind supernette Betreuer», schlage ich vor.

«Ist das mit der Monsterrobbe?», fragt Fiona grinsend, und natürlich Joe fängt sofort wieder an zu weinen.

Auf dem Plan liegt der Pool gleich in der Nähe unseres Zimmers. Also versuchen wir eine Abkürzung über die Obstwiese. Die Sonne scheint, ein paar Äpfel liegen im Gras. Fiona und Joe werfen sie sich gegenseitig zu. Ich mache schnell ein paar Fotos, um Matthias zu beweisen, wie schön es hier ist. Fiona, wie sie einen Apfel in die Luft wirft, Joe, wie sie in einen Apfel beißt.

Ein freundlicher Mitarbeiter in Corporate Design kommt von der Bogenschieß-Anlage rüber und geht an uns vorbei.

«Hallo, geht es Euch gut?» Im Robinson Club duzen sich alle. Wegen des «Wir»-Gefühls.

«Ab welchem Alter kann man eigentlich Bogenschießen lernen?», frage ich und überlege insgeheim, beide Kinder sofort zu ihm rüberzuschieben.

«Wir hatten gerade die letzte Stunde», sagt der freundliche Mitarbeiter lächelnd. «Ab heute ist die Anlage geschlossen.»

«Und wann macht sie wieder auf?»

«Im März.»

Na gut, uns fällt schon was anderes ein. «Wo ist eigentlich der See?», frage ich.

«Der liegt hinter dem Wald», sagt der Mitarbeiter. «Ist ein toller Weg dahin, es dauert circa 45 Minuten.»

«Ernsthaft?»

«Ja, es gibt auch einen Shuttlebus, aber ...»

«... der fährt nur von März bis Oktober», vollende ich seinen Satz.

«Ja, denn die Anlage direkt am See ist auch seit heute geschlossen.»

«Also gibt es auch keine Ruderboote?»

«Nein.»

«Kein Familienturnen am Strand?»

«Im März dann wieder.»

«Und Beachcricket?»

Er antwortet gar nicht mehr.

Im Pool versucht ein anderer freundlicher Mitarbeiter, die Kinder zum Ballspielen zu überreden. Aber Fiona findet es creepy, wenn sie fremde Männer ansprechen. Gut so. Wir lernen stattdessen eine andere Berliner Mutter mit zwei Mädchen kennen, die Kinder tauchen miteinander um die Wette, aber das bedeutet auch, dass ich mich mit der Mutter unterhalten muss, ein Umstand, den sie ebenso wenig begrüßt wie ich.

«Schön ist es hier.»

«Ja, total. Die Anlage ist ja echt riesig.»

«Ja.»

Wir schauen ein bisschen vor uns hin.

«Leider ist unser Zimmer ziemlich weit weg von allem.»

«Ach, echt? Unseres ist total zentral, aber wir waren auch schon dreimal hier in dem Club.»

«Ah.»

«Ja, wir haben uns direkt die gut gelegenen Zimmer gesichert.»

«Ah, toll für Euch.»

«Ja, so können die beiden sich total selbstständig bewegen.»

«Das ist ja toll.»

Andere Mütter, das ist so eine Sache. Durch Kinder entstehen eine Menge unfreiwilliger Freundschaften – in der Krabbelgruppe, in der Kita, in der Grundschule. Manchmal findet man sich spontan bescheuert, wächst aber mit der Zeit zusammen. Aus einer unfreiwilligen Freundschaft wird eine freiwillige. Manchmal kommen die anderen Mütter, manchmal auch Väter, aus total anderen Zusammenhängen und bereichern einen durch andere Perspektiven oder auch durch Kompetenzen, die man nicht hat. Jede Ärztin und jede Handwerkerin weiß vermutlich sofort, wovon ich rede. Wer noch abends um halb sechs auf den Arztausweis eine Packung Vermox gegen Madenwurmbefall besorgen kann, ist deutlich beliebter in der Kita und Grundschulgruppe als jemand wie ich, denn schreiben können die meisten ja selbst.

Die Mutter hier im Club, mit ihren Nagelstudio-Nägeln und ihrer Dyson-Glätteisen-Frisur, ist nicht unbedingt ein Beispiel für die bereichernde Kategorie.

«Der Club ist toll», sage ich.

«Ich bin mit meiner Mutter angereist, die kümmert sich um die Kinder, und ich mache Yoga», sagt sie.

«Ah.»

«Außerdem sind meine Kinder ohnehin die meiste Zeit in der Kinderbetreuung.»

«Ach, toll.»

«Und Deine?»

Statt einer Antwort lächele ich und werfe Fiona einen Ball zu, der gerade vorbeigeschwommen kommt.

Nach drei Stunden Schwimmbad und Muttilympics dürfen die Kinder lineares Fernsehen schauen, bis es Abendessen gibt, denn mein Chef ruft an, sorry, sorry, aber da ist ein Vorgang, da müsse ich bitte kurz schauen, ob ich ihn da auf den neuesten Stand bringen könnte. Während ich telefoniere, schauen die Kinder die Schlümpfe, während ich Socken suche, läuft Heidi, und als ich das Chlor aus unseren Badeanzügen wasche, kommt Zacki und die Zoobande.

Die ganze Zeit über plärrt der Fernseher in diesen hohen kreischigen Stimmen, ohne die es heute keine Fernsehserie für Kinder mehr gibt. Ich bin genervt. Ich tröste mich damit, dass der Anreisetag immer der schwierigste ist. Fionas Pulli ist leider immer noch etwas rosa am Arm und feucht. Ich checke auf Amazon, wie lange es brauchen würde, sich Klamotten hierher zu bestellen. Drei bis sieben Tage. Hm. Egal, jetzt erst mal Dinnertime!

In der langen Schlange, die sich bereits ab halb sieben vor den verschlossenen Türen des Speisesaals gebildet hat, stehen lauter Menschen, die aussehen, als stünden sie auf dem roten Teppich. Überall glitzernde Pailletten, frisch gebügelte Hemden, tiefe Ausschnitte. Ich zupfe meinen schwarzen Rollkragenpulli in Form und fühle mich unwohl. Wir sind hoffnungslos underdressed.

«Mama, haben die alle Geburtstag?», fragt Josepha.

In der Büfett-Schlange wiederholt sich die Szene vom Mittagessen. Immerhin gelingt es mir, noch einen Teller Jakobsmuscheln auf Crostini und Lachstartar mit Honig-Limetten-

Dressing zu ergattern. Aber danach finden wir keinen Platz im «Wir»-Gefühl. An einem der Tische hat sich die Mutter aus dem Schwimmbad hingesetzt, frisch onduliert in einem Desigual-Kleid, Modell «Floral». Es wären noch vier Plätze frei, aber als sie uns entdecket, versinkt sie schnell in ihren Balsamico-Linsen-Gamberetti. Wir haben beide kein gesteigertes Interesse an weiterer Konversation über die Höchstleistungen ihrer Kinder im Basketball oder in der Akrobatik. Aber überall anders sieht es mies aus. Viele der anderen Gäste sind als Großfamilie angereist und haben gleich ganze Tische reserviert. Andere sind eher darauf aus, andere Erwachsene kennenzulernen.

Wir stehen mit unserem Teller-Balance-Akt mitten im Raum und wissen nicht so recht, wohin. Eine Frau mit zwei kleinen Kindern scheint für niemanden der Wunschpartner beim Abendessen zu sein. Fiona fängt schon mal an, ihre Pfannkuchen anzuknabbern, was eine besonders ondulierte Dame am anliegenden Tisch sehr kritisch betrachtet. Also dränge ich mich schnell der Familie am nächsten Tisch auf. Er im Anzug, sie mit Föhnfrisur, dazu ein Junge in Fionas Alter mit frisch gebügeltem Hemd.

«Können wir vielleicht ...»

«Na, klar», sagt sie freundlicher als erwartet, sie macht eine einladende Geste, fixiert mit ihrem Blick aber Fionas Tomatenfleck vom Mittag.

Ich zeige mich sehr dankbar und wir beginnen eine intensive Debatte über die Entwicklung der Immobilienpreise in Berlin. Natürlich haben die beiden rechtzeitig Eigentum erworben.

«Wir fahren immer mit Robinson», erklärt mir die Mutter, «da lernt man immer so viele interessante Paare kennen.»

«Mein Mann hat leider keinen Urlaub bekommen», sage ich schnell und bin sehr glücklich, dass bei Robinson der Wein immer schon auf dem Tisch steht. Auf meinen bescheuerten Spruch muss ich erst mal was trinken. Außerdem muss ich mit Wein auf dem Tisch bei meinen Fußfessel-Kindern zwar auf weiteres Essen verzichten, beide werden panisch, sobald ich andeute aufzustehen, aber immerhin gibt es etwas zu trinken, und ohne Essen bin ich auch so angetrunken, dass ich später begeistert die Kinder-Disco mitmache.

«Morgen mache ich einfach alles anders», denke ich mir abends im Bett. Die Kinder fanden es natürlich gruselig in ihrem eigenen Bett und liegen jetzt beide auf mir drauf. Theoretisch hätte ich mir die das zweite Zimmer also auch sparen können. Aber auch diese Belagerung, so schwöre ich es mir, ist eine einmalige Sache.

«Morgen gibt es mehr ‹Ich›-Gefühl», sage ich zu meinem Ich, und dann schlafen wir erschöpft ein.

Leider muss ich im Verlauf der Woche erkennen, dass ich gelogen habe. Ferien mit «Wir»-Gefühl bedeutet leider absolut kein «Ich»-Gefühl. Aber es gibt auch gute Momente. Zum Beispiel geht Fiona tatsächlich am zweiten Tag zur Kinderbetreuung. Allerdings nur unter der Auflage, dass ich mitkomme. Und so laufe ich mit Joe im Abstand von ein paar Metern hinter dem Team des Mini-Clubs her, als sie einen Ausflug zum nächstgelegenen Spielplatz machen. Was die Kinderbetreuer etwas cringe finden. Sie schauen sich dauernd um und tuscheln. Ich komme mir vor wie ein Freak. Wäre ich ein Mann und hätte nicht auch noch Josepha dabei, sie würden vermutlich die Polizei verständigen. Am Nachmittag ist die Muttilympics Frau wieder da, die war am Vormittag in

Waren shoppen. Fiona geht tatsächlich mit der Muttilympics-Tochter zwei Stunden in den Mini-Club und Josepha spielt alleine im Spielzimmer, allerdings ruft natürlich wieder mein Chef an.

In diesem Urlaub stelle ich fest, dass kinderlose Menschen manchmal die besseren Verbündeten sind. Am dritten Abend, bei unserer vierten Runde durch den Speisesaal, wo wir keinen Platz finden und ich mir langsam vorkomme wie Joseph und Maria bei der Herbergssuche, kommt ein Mann auf mich zu: «Bei uns ist noch Platz, wollt Ihr nicht zu uns kommen?»

Ich überlege spontan, ihn zu heiraten. Dann aber lerne ich seine Frau kennen. Mit der ist er besser dran. Die hat keine Kinder.

«Die beiden benehmen sich wirklich toll», sagt die Frau zu mir, als Josepha, die wieder mal drauf bestanden hat, ihr Wasser aus einem Weinglas zu trinken, das Ganze unfallfrei macht und Fiona höflich fragt, ob den beiden die Anlage gefällt. Ich unterdrücke mein spontanes: «Findet Ihr?» und lächele einfach. Dann steht er auf, er will den ersten Gang holen.

«Es gibt Lachs-Orangen-Tartar, soll ich Dir was mitbringen?», fragt er. «Oder willst Du lieber Caponata alla Catanese?»

«Bleibt Ihr die ganze Woche?», frage ich mit zitternder Stimme. Ich will nie wieder ohne dieses Paar essen. Rolf und Katja machen ständig Urlaub bei Robinson, sie können mir erklären, warum die Hotelzimmer nicht so dolle sind (damit sich es da niemand zu gemütlich macht und das «Wir»-Gefühl zu kurz kommt), warum es nicht mehr wie früher jeden Abend ein Motto für das Abendessen gibt (zu stressig) und warum der Typ mit dem blauen T-Shirt uns vorhin eine halbe

Stunde vollgequatscht hat (der war ein Mitarbeiter und wollte nett sein).

Nach dem Abendessen gibt es wieder Kinderdisko, und ich habe wieder genug Bordeaux getrunken, um bei «Urlaub, endlich Urlaub» alle Moves der Riesenrobbe mitzutanzen. In einem Jahr schon werde ich Fiona peinlich sein. Aber heute liebt sie mich. Wir fallen gegen elf Uhr erschöpft ins Bett, zum Lesen komme ich natürlich nicht.

Ab jetzt, denke ich kurz vor dem Einschlafen, ist mein Fokus für diesen Urlaub halt einfach Essen.

Sogar das Problem mit den fehlenden Klamotten löst sich übrigens am Ende fast von selbst, weil wir ohnehin die meisten Nachmittage komplett im Pool verbringen. Außerdem habe ich ein Halloween-Kostüm mit Accessoires dabei, auf mehrere Tage verteilt kann ich damit locker mithalten mit dem Dresscode im Club. Und für die Vormittage buche ich für 90 Euro extra am Tag Ponyreiten. Womit ich mir ein neues Problem schaffe, aber davon handelt ein anderer Urlaub.

8. VERSUCH

FREIHEITSBERAUBUNG MIT FÜNF STERNEN – URLAUB IM FAMILIENHOTEL

DIE THEORIE: *Alle Gäste sind für die Ferien Teil einer großen, glücklichen, sich gegenseitig unterstützenden Familie. Eine Gemeinschaft aus Gleichgesinnten, in der jeder für jeden da ist, brought to you by the finest of hotelry. Eine Mischung aus den charmant-chaotischen Gilmore Girls, Modern Family und Steigenberg. Kinder tauchen am Morgen auf dem hauseigenen, sicher umzäunten Abenteuer-Spielplatz auf, treffen mit frisch gewaschenen Händen am Frühstücksbüfett ein, geben sich gegenseitig Tipps für die Zusammenstellung eines gesunden Frühstücks und verschwinden dann mit ihren neuen Freunden zum Ski-Unterricht, während die Eltern die Pisten runterdüsen.*

Nachmittags hört man fröhliche Kinderstimmen aus dem Rutschenparadies leicht gedämpft in die Wellness-Oase herüberwehen. Nach einem abwechslungsreichen Abendmahl gibt es Unterhaltungsprogramm für alle, ein jodelndes Geschwisterpaar, Zauberkunst und Cabaret. Das altersgemischte Spielen hilft den Kindern getreu dem Montessori-Prinzip, voneinander zu lernen. Dabei entwickeln sie wie nebenbei auch soziale Kompetenzen, wie sich gegenseitig zu empowern. Und wenn es doch mal Probleme gibt, gibt es immer ein anderes Elternpaar, das mit einem Lächeln mitaufpasst, mitspielt, mitdenkt. Niemand geht verloren, niemand ist allein – zumindest nicht für lange. It takes a village to raise a child – im Urlaubsmodus auf Fünf-Sterne-Niveau.

DIE PRAXIS: Mein neuer Ski-Anzug ist knallrot und knalleng. Das letzte Mal, als ich auf Skiern stand, war ich mit Fiona schwanger, wusste es aber noch nicht. Das ist lange her. Eine Dekade ohne Skifahren, die genau in diesen zweiten Winterferien von Fiona zu Ende geht. Wir sind im Familienhotel in der Nähe gleich hinter Innsbruck im Stubaital, nicht zu weit von der Piste. Eine riesige Anlage, ein Fünf-Sterne-Komplex mit rustikaler Luxus-Ästhetik. Gestern sind wir angekommen, alles ist fantastisch. Diesmal kann nichts schiefgehen: Es gibt einen Pool mit fünf Becken und vier Rutschen, es gibt einen Pferdestall, es gibt eine Rodelbahn, eine Spielscheune, eine Kreativ-Werkstatt, es gibt drei Millionen Kurse und überall Kinder, Kinder, Kinder.

Ein einziger Tag im Familienhotel kostet so viel, wie ich sonst für einen ganzen Urlaub ausgegeben hätte. Aber es ist jeden Cent wert. Hätte man mir in meinem Leben vor den Kindern jemand gesagt, dass ich mal meinen Urlaub im Familienhotel verbringen würde, hätte ich ihn ausgelacht. Aber jetzt freu ich mich drauf. Ich werde mich den ganzen Vormittag auf der Piste austoben, und danach hole ich Fiona von ihrem Ski-Kurs ab, und während sie mit den anderen Kindern spielt, mache ich Yoga und Wellness, und dann holen wir Josepha aus der Kinderbetreuung und gehen alle zusammen in den Wasser-Erlebnis-Park und haben Spaß bis zum Drei-Gänge-Menü am Abend. All inclusive. Bis auf den Alkohol. Und den Ehemann. Der bleibt zu Hause. Er will nicht auf die Piste und ich will nicht drauf verzichten.

Ach so, ja, die Ski-Schule, der Ski-Pass und die Ski-Ausrüstung für uns alle drei, die ich gestern klargemacht habe, die sind natürlich auch nicht in dem irren Preis mit drin, auch wenn es sich so anfühlt. Wir haben noch im Ski-Verleih jede Menge Selfies von uns allen in Gear gemacht und an die Familie verschickt. Ich freu mich riesig. Das Geheimnis mit Kindern ist, dass man sich nicht so verspannen darf. Man muss für sich Glücksinseln schaffen, und dann hat man auch wieder genug Energie und Lust darauf, mit den Kindern zusammen zu sein. *Quality time* statt *quantity time.*

Die anderen Familien sind alle schon beim Frühstück, als wir endlich in den Speisebereich kommen. Fiona und ich hatten eine längere Diskussion zu dem Thema Skiunterwäsche. Ich war pro. Sie kontra. Die Verhandlungen waren zäh. Währenddessen hat Josepha unbemerkt den kompletten Spiegel im Bad mit Acqua-di-Parma-Seife eingeschmiert.

Ich habe schon meinen Skianzug an. Was sich allerdings als nicht so schlau herausstellt, denn überall in dieser gigantischen Erlebnishotelanlage sind durchgängig 26 Grad. Mir ist schon etwas flau.

Wir sitzen am Tisch mit zwei sehr netten anderen Familien aus Berlin. Man wird hier zugeordnet, so muss man nicht ewig suchen. Fiona hat sich auch schon mit zwei Mädchen angefreundet. Das heißt, theoretisch sitzen wir am Tisch. Zum Frühstücken komme ich leider erst mal nicht, weil Josepha nicht vom Getränke-Automaten wegzubewegen ist. Kinder können hier selbst zapfen, wenn sie es können. Am Abend hatte ich noch gedacht, ist doch egal, ich kann Joe ja einfach hier stehen lassen, wenn sie nicht mitwill. Aber als ich dann bei der Vorspeise saß, geleitete ein größeres Kind eine brüllende Joe zu unserem Tisch, die sich mit einem Gemisch aus Apfelschorle und Kindercola übergossen hat. Weswegen gestern für mich der Hauptgang ausfiel und ich die Reste von

Fionas Kinderschnitzel bekam. Das will ich nicht noch mal riskieren. Sie soll ja gleich in die Kinderbetreuung.

Josephas Begleitung von gestern ist übrigens die Tochter der Familie, die bei uns mit am Tisch sitzt. Sie ist acht, genau wie Fiona. Ein etwas blasses, aber sehr nettes Mädchen.

«Warum hast Du Josepha gestern alleine bei den Getränken gelassen?», fragt sie mich, als ich mich endlich mit einem Cappuccino und einem Cornetto con Crema an den Tisch setze. «Danach war sie ganz nass.»

Na, ja, sie hat ja recht. Das Mädchen heißt Sophie und geht mit Fiona in dieselbe Ski-Schule. Allerdings war sie schon letztes Jahr da, und das Jahr davor auch, und kann uns deswegen alles erklären. Zum Beispiel, dass ich vergessen habe, Fiona zum Ski-Bus anzumelden. Das muss man nämlich. Dazu muss man sich erst eine App des Hotels runterladen, die dazu führt, dass ich leider schon wieder das Frühstücken verschieben muss.

«Iss bitte Deine Pancakes», sage ich zu Fiona. «Wir müssen noch Deine Skier aus dem Keller holen.»

«Wieso sagst Du Pancakes?», fragt mich Sophie, «das sind doch Pfannkuchen.» «Pancakes ist das englische Wort für Pfannkuchen», sage ich.

«Ist es nicht», sagt Sophie.

«Doch», sage ich. «Ist es.»

«Ist es nicht», sagt Sophie.

Ich lächele das kleine Klugscheißerchen an. Bei besserwisserischen Kindern hilft ja bekanntlich, ihr Wissen anzuerkennen, dann müssen sie sich nicht weiter beweisen.

«Wie schön, dass Du diese Erkenntnis mit uns teilst. Dann sage ich das ja seit Jahren falsch.»

Sophie zögert und schaut mich streng an.

«Ich weiß ja nicht, wie Du es seit Jahren sagst, aber jetzt war es falsch.»

«Wie übersetzt man Pancakes denn dann ins Deutsche?»

«Mama», schaltet sich Fiona ein. «Du nervst.»

JUUDIIITH, sage ich mir selbst. Lass es.

«Pancakes sind einfach Pancakes», sagt Sophie.

Ich merke, dass Fiona sie mag, deswegen sage ich nichts mehr. Wir brauchen die Familie noch, außerdem ist Josepha schon wieder Richtung Getränkezapfanlage abgedüst. Sophies Vater ist genauso ein gnadenloser Besserwisser, aber er hilft uns, den Ski-Bus zu finden, er holt uns ein kleines Laiberl, damit alle wissen, dass die Kinder zur Ski-Schule müssen, er meldet die Kinder fachkundig beim Skilehrer an und die beiden düsen gemeinsam ab. Jetzt trennt mich von der Piste nur noch ein Kind.

Das Familienhotel ist ein riesiger Komplex, alles ist mit weichen Stoffen ausgekleidet, überall ist es zu warm, alle Möbel sind in Grundtönen gehalten. Wir laufen durch das überdachte Labyrinth mit Rechts-links-rechts-Kombinationen, in denen man immer wieder überraschend auf leidende Heilige oder den Gekreuzigten in unterschiedlichen Stadien trifft.

Der Bereich, in dem der Mini-Club untergebracht ist, kündigt sich schon von Weitem durch Kinderzeichnungen an. Und durch Comics, die einem die Verhaltensregeln erklären. An der Tür macht eine junge Frau auf: «Seid Ihr angemeldet?»

Das hatte Sophie wohl vergessen, mir zu erklären.

«Na, guten Morgen», sagt sie dann freundlich zu Josepha. «Wie schön, dass Du da bist.» Josepha klammert sich an mein Bein.

«Kommt doch erst mal an», sagt die Frau.

Im Mini-Club bekommen alle Kinder ein Namensschild auf die Brust. Nur die Krabbelkinder tragen es auf dem Rücken, vermutlich, damit sie es nicht selber abfummeln. Es gibt eine Rutsche und ein kleines Klettergerüst und jede Menge Fahrzeuge, aber Joe klammert sich weiter an mich. Also bleiben wir erst mal in der Garderobe.

Neue Eltern kommen rein, erklären, wie ihre Kinder heißen und wann sie abgeholt werden. Die neuen Kinder stürzen sich sofort auf das Klettergerüst oder die Rutsche, die Eltern winken und ziehen ab. Ich kenne das. Ich habe schon sehr viel Zeit in Kinder-Garderoben verbracht. Ich mag das. In der Kita-Garderobe offenbaren sich Eltern.

Hier zeigt sich immer sofort, was für ein Typ eine Mutter oder ein Vater ist. Da gibt es den hektischen Vater, der eigentlich schon halb im Büro ist, der das Kind nur bringt, weil er in seiner Selbstwahrnehmung ein moderner Vater ist, der Beruf und Privatleben in Einklang bringt.

«So, Klara, wir haben vorhin noch darüber gesprochen. Zieh Dir jetzt die Hausschuhe an ... Bitte, Klara ... Klara, mach das jetzt ... Mann, Klara, ich bin enttäuscht von Dir.»

Da gibt es den Fan-Vater, der, wenn er andere Eltern in der Garderobe trifft, sofort von den jüngsten Heldentaten seines Sohnes berichtet. «Laurenz hat mir heute Morgen erklärt, warum es Donnerstag heißt.»

Da gibt es die Öko-Mama, die beim Reinkommen enttäuscht in den Raum lugt und sagt: «Ach, ich dachte nicht, dass es hier so viel Plastikspielzeug gibt.»

Da gibt es die Insta-Mama, deren Kinder im Outfit perfekt auf sie abgestimmt sind, die schnell die erste Rutschpartie noch für ihre Story aufnimmt, bevor sie vom Personal zurückgepfiffen wird.

Mittlerweile ist es halb elf.

«Willst Du nicht auch mal spielen?», frage ich Joe. Aber die schüttelt den Kopf und klammert sich an mich. Gegen elf ziehe ich mir den Ski-Anzug aus. Immer mal wieder kommt eine der Betreuerinnen und fragt, ob Josepha nicht spielen kommen mag. Aber sie mag nicht. Sämtliche Ermunterungen meinerseits laufen ins Leere. Als ich einmal aufstehe, fängt sie so verzweifelt an zu schreien, dass ich Mitleid kriege. Den ersten Vormittag meines viertausend Euro teuren Ski-Urlaubs verbringe ich also in der Hocke in einer Kindergarten-Garderobe. Um halb 12 Uhr gebe ich auf. Die ersten Kinder werden da schon wieder zum Mittagessen abgeholt.

«Morgen klappt es sicher», sage ich. Mehr zu mir selbst.

«Komm, lass uns rausgehen», sage ich zu Josepha.

«Nein, nein, nein, nein, nein», antwortet die.

Immerhin schaffen es Josepha und ich wenigstens ein paarmal, den kleinen Idiotenhügel direkt am Hotel runterzuschlittern. Josepha juchzt vor Freude und will am liebsten nur noch den Zauberteppich hochfahren, das Runterfahren hält sie für ein notwendiges Übel, um wieder hochgleiten zu dürfen. Leider müssen wir dann los, Fiona vom Ski-Kurs abholen.

Fiona hat sich mit dem strengen Mädchen angefreundet. Genau so, wie ich es erhofft hatte. Den Ski-Kurs fand sie auch spitze.

«Mama, das ist der allerschönste Urlaub überhaupt. Ich will hier nur noch hin.» Die beiden haben sich bereits für später zum Pool verabredet.

Der Wellness- und Poolbereich kündigt sich schon von Weitem an, durch die Menge an Menschen in identischen weißen Bademänteln. Egal wie groß oder klein, dünn oder dick, alle tragen weiß frottiert. Eine Atmosphäre von Edelknast. Fiona verschwindet sofort mit Sophie auf den Rutschen, Josepha und ich gehen zum Baby-Pool. Sie, um zu plantschen. Ich, um mich im lauwarmen Wasser zu langweilen, bis ich zu frieren beginne, um Josepha davon abzuhalten, ein anderes Kind von der Rutsche zu schubsen, um mit einer anderen Mutter ein Gespräch über die Vor- und Nachteile der Kinderbetreuung zu führen. Ihr Kind weigert sich auch, sich von seiner Mutter zu trennen.

Als Josepha endlich genug hat vom 32 Grad warmen Chlorwasser und wir nach oben ins Zimmer dürfen, finden wir dort eine weinende Fiona vor.

«Ich hasse diesen Urlaub», sagt sie. «Ich hasse das Hotel.»

Ich kriege nicht viel aus ihr raus. «Gab es Streit mit Sophie?»

Sie zuckt mit den Schultern und schluchzt. «Ich will nach Hause.»

Gott sei Dank haben wir noch etwas Schokolade da. Wir ziehen uns um. Da klopft es an der Tür. Es ist Sophie, sie will Fiona zum Abendessen abholen. Ich zögere kurz, aber Fiona stürzt zur Tür und strahlt. Alles wieder in Ordnung.

Als ich zum Abendessenstisch komme, sitzt Fiona alleine da und sieht so aus, als würde sie gleich wieder weinen.

«Wo ist Sophie?», frage ich.

«Die ist weg.»

«Wohin denn?»

«Weiß nicht.»

«Wolltest Du nicht mit?»

«Ich darf erst nachher wieder mitspielen», sagt Fiona, «sie spielen jetzt Rennen, und Sophie sagt, ich bin zu langsam.»

Aber bevor wir weiter darüber reden können, kommen die anderen. Ich gebe mein Scheitern bei der Betreuung zum Besten. Sophies Mutter versichert mir, dass Sophie die Betreuung immer geliebt habe. Ich solle es einfach morgen noch mal versuchen.

Sophie hat noch eine große Schwester, die andere Familie hat Zwillinge, Jungs, und ein Mädchen, das etwas jünger ist als Fiona. Es ist nett, abends jemanden zum Reden zu haben, und es ist super, dass wir uns das bisschen Kinderbetreuung, das übrig ist, etwas aufteilen. Das beschränkt sich allerdings darauf, dass einer die Kinder in den Ski-Bus setzt, verloren gegangene Mützen in Fluren findet, Sonnencreme verteilt oder sie vom Mal-Atelier abholt. Eigentlich sehe ich Fiona in diesem Urlaub immer nur zu den Mahlzeiten, oder halt dann, wenn Sophie wieder dieses oder jenes nicht wollte. Was relativ oft vorkommt. Sophie ist mal zugewandt, dann haut sie wieder ab. Die beiden sind ein Team, dann darf Fiona wieder nicht mitspielen. Mal finde ich sie heulend im Zimmer, mal tobt sie strahlend an mir vorbei mit ihrer Gang. Ich freue mich über Unabhängigkeit, ich vermisse sie, ich versuche sie zu animieren, doch auch mit einem der anderen Kinder zu spielen. Vergeblich.

An einem Abend ist Fiona plötzlich verschwunden. Es ist schon längst nach elf, eigentlich sollten die Kinder ins Bett, aber sie kommt nicht. Stattdessen klopft Sophie an der Tür: «Wir gehen jetzt Fiona suchen», sagt sie stolz. Was dazu geführt hat, dass sie weg ist, dazu sagt sie nichts. Mit Josepha im Schlafanzug auf dem Arm durchsuche ich die Hotelanlage. Das Kunstatelier und den Indoor-Spielplatz, die Spielscheune und die Bibliothek. Sie ist nirgendwo. Schließlich taucht sie an der Bar auf, Sophie hatte sie zuvor irgendwo auf dem Gang aufgegabelt.

«Auf Sophie, unseren Schatz, ist einfach Verlass», sagt ihre Mutter. «Sie ist so selbstständig», sagt der Vater.

Das Gute am Familienhotel ist, man hat eine Familie auf Zeit. Das Schlechte am Familienhotel ist, es ist halt wie eine Familie. Leute, die man sich nicht aussucht.

Am Mittwoch bringe ich meine und Josephas Ski-Ausrüstung zurück zum Verleih. Bis auf den ersten Tag konnte ich sie kein einziges weiteres Mal zum Ski-Laufen überreden. Am Dienstag hatte ich sie kurz so weit, dass sie wenigstens mit mir zur Talstation fuhr und dann sogar die Gondel hochgefahren ist, für 30 Euro. Aber als wir oben standen, fing sie an zu heulen. «Mir ist soooo kalt.»

Ich gönne mir noch zwei Morgen in der Kinderbetreuungs-Garderobe, dann gebe ich auch das auf. Stattdessen mache ich dann halt mit Josepha das ganze Kinderprogramm durch, von Indoor-Spielplatz über Mal-Atelier, Rodelbahn und Pony-Reiten. Wir toben durch die Gänge und springen vom Heuboden. Wir sind fast 1000 Kilometer gefahren, um dieses überheizte Kinder-Wunder-Land auf fünf Hektar nicht einen einzigen Tag zu verlassen. Die paar Momente, in denen ich draußen war, kann ich an einer Hand abzählen. Wäre ich zwei Jahre alt, wäre es der beste Urlaub meines Lebens gewesen.

«Mama, hier will ich nächstes Jahr wieder hin», sagt Fiona, als wir mit den gepackten Koffern vor dem Hotel auf den Shuttle zum Bahnhof warten. Ich lächele. Ich bin seit Tagen zum ersten Mal wieder an der frischen Luft. Ich bin im Freien. Der Himmel ist blau, die Sonne scheint. Ich denke: auf gar keinen Fall. Ab jetzt ist die Devise: *simple life*. Ich bin hier eh ’ne 24-Stunden-Kraft, da muss ich nicht noch mein Geld für Zeug rausschmeißen, das ich nicht nutze.

9. VERSUCH

«WIR KRIEGEN NOCH 2,50 EURO FÜRS EIS» – URLAUB MIT FREUNDEN

DIE THEORIE: *Wir laufen den Steg entlang, barfuß, das Holz warm von der Sonne. Das Wasser schimmert in tausend Blautönen, ein stilles Versprechen auf kühle Umarmung. Ein Sprung – ein kurzer Moment der Schwerelosigkeit –, dann umhüllt uns der See, trägt uns, lässt uns treiben. Die Großen, die Kleinen, alle zusammen, es gibt nur ein großes glückliches Wir.*

Wir sind nur ein paar Stunden von zu Hause weg, und doch fühlt es sich an wie eine andere Welt. Ein idyllisches Feriendorf, überall blühen die Krokusse. Die Kinder laufen hin und her, keiner braucht Angst vor Autos zu haben, all das ist weit weg. Überall vertraute Stimmen, Jauchzen, der Duft von frisch gebackenem Kuchen. Urlaub, das ist ein Mosaik auf den vielen Tausend kleinen Augenblicken, die bleiben. Am endlosen weißen Sandstrand tanzen Tücher im Wind, leicht wie Frühlingstage. Strohliegen flechten Muster in die Haut, während die Sonne unsere Gedanken wärmt. Jemand bringt Butterbrote: Wir teilen sie, wir teilen diesen Moment. Es kann so einfach sein. Und während unser Lachen in die Luft steigt, wissen wir: Das ist Glück.

DIE PRAXIS: Mit einem Pling kündigt mein Smartphone eine neue Signal-Gruppe an. «Die LuFiWuKos». Und bevor mir einfällt, wie man noch mal auf Signal blockiert, kommt auch schon die erste Nachricht.

«Hey, hey, seid ihr schon losgefahren?»

Die LuFiWuKos sind, wie sich rausstellt, kein Spam. Die LuFiWuKos ist die Kombination der jeweils ersten zwei Buchstaben der Nachnamen von uns und unseren Freunden Anja und Tom, mit denen wir heute für zwei Wochen in den Sommerurlaub fahren. Anja und Tom haben eine achtjährige Tochter, also ein perfektes permanentes Playdate für Fiona, die acht ist, und einen dreijährigen Felix, das perfekte Playdate für Joe, die auch gerade drei geworden ist.

Die Gruppe hat Anja kreiert. Orga-Anja, wie Matthias sie nennt.

Es gibt Menschen, die für alles eine WhatsApp-Gruppe brauchen, die dann eine weitere WhatsApp-Gruppe nach sich zieht. Kaum hat jemand Geburtstag, macht einer eine Save-the-Date-WhatsApp-Gruppe, die dann sofort von einer Geschenk-für-Aylin-WhatsApp-Gruppe flankiert wird, die sich über den Geschenk-Vorschlag von Kai so ärgert, dass eine Untergruppe dann eine eigene Das-bessere-Geschenk-für-Aylin-WhatsApp-Gruppe aufmacht. Was natürlich zur Folge hat, dass permanent jemand die Gruppen verwechselt und dann aus Versehen Aylin in der Save-the-Date-Gruppe schon etwas von dem Jahresgutschein fürs Yorck-Kino verrät, was er natürlich sofort, aber eben zu spät, löscht. Woraufhin ganz viele fragen, was denn da gelöscht wurde. Irgendwann postet dann jemand ein Bild von einem Kind mit irgendwas, was Aylin vielleicht auch für ihre Kinder brauchen kann, und wird von jemand anderem über die Datenschutz-Policy in der Gruppe belehrt.

Ich hatte nicht gewusst, dass Anja zu der Gruppe der WhatsApp-Gruppen-Gründer gehört. Bislang hatten wir uns immer gemeinsam über die Kita-WhatsApp-Gruppe lustig gemacht. Besonders ein Vater wächst da regelmäßig über sich hinaus, wenn es darum geht, Dinge zu organisieren. Er entwirft immer wieder neue Listen, die Geschenke für die Erzieherinnen vorschlagen, setzt Deadlines für Rückmeldungen, erinnert an die Deadlines für Rückmeldungen, dankt und gibt Feedback. Er benimmt sich, als wäre er der Gruppenleiter. Fehlt nur noch, dass er uns zum Mitarbeitergespräch einlädt. Ein anderer, dessen Sohn eine Kita-bekannte Krawallschachtel ist, meldet sich regelmäßig mit Beiträgen wie: «Leon hatte gestern eine Schramme am Arm. Ich will hier niemanden direkt ansprechen, aber ich fände es gut, wenn wir alle mal darüber reden könnten, wie Ihr in Euren Familien das Thema Gewaltfreiheit ansprecht.»

Natürlich gibt es auch die Eltern, die eine für alle anderen irrelevante Nachricht dennoch in die Gruppe posten. Zum Beispiel die Mutter von Yusuf, die gerne mal morgens allen Eltern mitteilt: «Friede sei mit Euch, Yusuf hat Schnupfen und kommt heute nicht.» Ich freue mich immer über die ‹Friede sei mit Euch›-Nachrichten, denn sobald ich sehe, dass jemand in der Kita-Gruppe was postet, überfällt mich die Panik. Hat schon wieder jemand bei seinem Kind Läuse entdeckt? Müssen wir jetzt alle behandeln, oder, noch schlimmer, die Kinder abholen? Wenn die Nachricht mit ‹Friede sei mit Euch› startet, ist es immer Entwarnung für alle – außer für Yusuf.

Manchmal postet dann eine andere Mutter oder ein Vater etwas auf Arabisch oder Türkisch darunter, vermutlich Genesungswünsche. Dann kann man runterzählen, 3, 2, 1, und dann schreibt jemand: «Können wir hier bitte auf Deutsch kommunizieren?», und dann, 3, 2, 1, schreibt jemand: «Oder wenigstens Englisch, eine Sprache, die jeder versteht.» Und dann bricht der Shitstorm herein, weil diese Vorstellung, dass alle Englisch können, ja total elitär sei. Das Einzige, was ich schlimmer finde als WhatsApp-Gruppen, sind Signal-Gruppen. Da kommt dann auch noch dieses Gefühl der Überlegenheit dazu, wieder etwas ganz bewusst und sicher zu machen. Und sich auf jeden Fall abzuheben von den anderen.

Ich finde die Diskussionen in den Signal-Gruppen fast noch nerviger als die in den WhatsApp-Gruppen, weil auf Signal alles so ganz bewusst und durchdacht ist. Da schreibt nie jemand: Mila kommt nicht zum Mädchenfußball. Da muss es sofort so was sein wie:

«Liebe alle, Milas Vater und ich nehmen seit einiger Zeit Spannungen in der Mädchenfußball-Gruppe wahr. Mila wird unter anderem auch deswegen heute nicht zum Training kommen. Näheres gerne bilateral. Wir würden aber für alle – natürlich auch in Absprache mit allen – anregen, dass wir mal das Inklusionsmaterial ‹Koffer voller Gefühle› vorstellen. Damit haben wir ganz tolle Erfahrungen gemacht, die wir gerne teilen. Danke für Eure Aufmerksamkeit und habt ein tolles Wochenende.»

Eigentlich freue ich mich über die Nachrichten des Grauens aus den WhatsApp-Gruppen, weil man sich so herrlich über sie lustig machen kann. Aber dass ausgerechnet unser gemeinsamer Urlaub jetzt mit einer Signal-Gruppe beginnt, macht mich skeptisch. Auch, weil Matthias Signal gar nicht nutzt, also ab jetzt alle Infos über mich laufen werden. Ich warte, ob da noch eine zweite Frage kommt, die die erste Frage und die Existenz dieser Gruppe überhaupt rechtfertigt.

Ist doch egal, wann wir losfahren, es ist neun Uhr am Morgen, das Ferienhaus ist erst ab drei Uhr nachmittags frei und wir brauchen maximal drei Stunden auf der Autobahn.

«Wir fahren so gegen zwölf los», schreibt jetzt Anja in unserer neuen Gruppe.

«Okay», schreibe ich zurück.

«Okay?»

Okay. Ich ahne, was Anja will. Wir sollen uns festlegen, wann wir ankommen. Orga-Anja hat Termine gerne im Griff. Aber das kann ich ihr gerade nicht bieten. Woher soll ich wissen, wann wir losfahren? Ich habe noch nicht mal die Hälfte gepackt, und das weiße T-Shirt, das ich gestern noch hektisch gewaschen habe, ist auch noch nass.

Ich gehe in die Küche und suche die Suppennudeln, die mit den Buchstaben, und die Brühwürfel, die ich extra für die Reise gekauft habe. Eigentlich finde ich es völlig bescheuert, wenn man Lebensmittel mit in den Urlaub nimmt. Es ist doch gerade Teil der ganzen Idee von Wegfahren, dass man mal was Neues ausprobiert, was anderes macht. Aber seit ich Kinder habe, traue ich Neuem nur noch bedingt. Man kann ja nie wissen, vielleicht kommen wir zu spät an, vielleicht ist da nichts mehr offen, oder nur ein irre teures Restaurant, in dem keiner Kinder mag. Dann haben sie Hunger und nörgeln rum, und ich bin genervt und motze und der Urlaub beginnt ätzend.

Es gibt kaum etwas, das ich weniger ertragen kann, als wenn meine Kinder Hunger haben. Seltsamerweise werde ich dann vor allem auf mich sauer, weil ich denke, dass ich da als Mutter irgendwie versage, wenn die nix zu essen kriegen. Aber da irgendjemand dran schuld sein muss, motze ich dann meistens die Kinder dafür an. Dagegen hilft die Nudelsuppe. Gegen Hunger und gegen Schuldgefühle. Allerdings nur die mit den Buchstaben. Die mit den Fadennudeln bleibt stehen.

«Wir sind um drei da», schreibt Anja jetzt. Ich ignoriere sie. Fiona sitzt in ihrem Zimmer auf dem Boden und hat den Koffer, den wir gestern eingepackt haben, wieder ausgepackt. Die Sachen liegen jetzt alle verstreut im Zimmer.

«Ich will diese Jacke nicht mitnehmen», erklärt sie mir. «Ich hasse dieses T-Shirt. Und die Jeans auch. Wo ist meine hellblaue?»

«Die ist Dir zu klein», sage ich schnell. Und hoffe, dass sie nicht nachfragt. Ich hatte sie ausgerechnet gestern dem Nachbarskind geschenkt. Nachdem Fiona sie ein Jahr lang nicht getragen hat.

Pling. «Kommt ihr pünktlich los?» Ich schweige. Ich habe jetzt was anderes zu tun.

«Kannst Du Clara fragen, ob sie ihre Rollschuhe mitnimmt?», fragt Fiona. «Denn dann will ich meine auch.»

Josepha hat in der Zwischenzeit vier Taschen mit Spielzeug vollgestopft. Als ich versuche, sie auf eine Puppe runterzuhandeln, fängt sie spontan an zu heulen. Matthias hat seine Sachen bereits rausgelegt.

«Wo hast Du meine Reisetasche hingetan?», fragt er mich.

«Wieso ich? Es ist doch Deine Reisetasche.»

Pling. «Wir sind startklar», schreibt Anja und schickt gleich noch ein Beweisselfie von sich und den Kids und Tom im Auto. Mann, ey. Ist das ein Wettbewerb? Ich mache ein Foto von Fiona in ihrem Kleiderberg und antworte: «Wir auch.»

Das lösche ich dann aber wieder.

«Wir haben jetzt keine zweite Garnitur Handtücher eingepackt», informiert mich Anja. In den nächsten zwei Stunden plingt es intensiv bei den «LuFiWuKos». Anja gibt uns sehr gewissenhaft Auskunft über ihre aktuell anvisierte Ankunftszeit, ich treibe meine Familie an. Irgendwann haben wir es tatsächlich geschafft, eine überzeugend aussehende Menge an Koffern und Taschen zu produzieren, leider schaut meine Familie auf dem Selfie so genervt, dass ich es dann doch für mich behalte.

Wir haben uns einen Mietwagen genommen, wir trauen unserem eigenen Auto die lange Fahrt nicht mehr zu. Nach drei Stunden überraschend friedlicher Reise (Josepha schlief) fahren wir auf dem Parkplatz vor. Matthias und ich teilen die Angewohnheit, dass wir einerseits nie auf eine Karte schauen, bevor wir irgendwohin fahren, andererseits aber auch total verweigern, umzukehren, wenn wir feststellen, dass wir falsch gefahren sind. Wir sind die Haltung der late Queen: *never excuse, never explain* als Autofahrer. Wir haben auf diese Weise schon absurde Umwege gemacht, sind Stunden später am Ziel angekommen, oder halt einfach nie. Aber wir würden es jedes Mal wieder so machen.

Unser Feriendorf an der Ostsee besteht aus kleinen Häuschen, die so aussehen, als wären sie bei IKEA gekauft worden, es ist genau die richtige Mischung aus geschmackvoll, nostalgisch, modern, billig und nicht besonders haltbar. Unser Häuschen ist rot mit weißen Balken, das von Tom und Anja blau, ansonsten sind sie identisch. Es gibt überall die gleiche spießige Bettwäsche, feuchte Raumluft, die die Handtücher im Bad schon aufgesogen haben, und fragwürdigen Bodenbelag. Die Kinder begutachten alles und sind begeistert. Endlich Kommunismus. Während wir auspacken, rennen sie hin und her und vergleichen Einrichtungen und Ausstattung, und nach der erfolgreichen Inventur verschwinden sie auf den Spielplatz, der direkt hinter den Häuschen liegt.

Dann geht's los! Mission Umräumen. Das ist das Erste, was Matthias und ich machen, wenn wir eine Ferienwohnung oder ein Hotelzimmer betreten. Wir verwandeln erst mal alles in ein Schlachtfeld, Nachttische werden umgeparkt, Nachttischlampen im Schrank verstaut, Betten gerückt. Wir haben keine Wahl. Fiona ist ein Tornado im Bett, sie dreht sich, wirft sich hin und her, tritt um sich. Ich finde sie morgens immer am Rand der Matratze, mit dem Kopf an der Wand und einem Bein im Nachttisch auf meiner Seite. Ohne Wand an der einen Seite und mich an der anderen als menschlicher Schutzschild überstehen wir die Nacht nicht unfallfrei. Wir denken immer wieder, jetzt ist sie groß genug, wir brauchen das nicht mehr. Aber dann belehrt uns ein dumpfer Aufprall nachts gegen drei Uhr eines Besseren und wir müssen ein verwirrtes, schläfriges Kind unterm Bett hervorzerren.

Nach dem Umräumen legt sich Matthias mit seinem Handy aufs Sofa, aber in dem Moment kommen Anja und Tom rüber.

«Siehst Du, das meine ich mit Urlaub», sagt Anja, als wir alle vier in unserer Küche anstoßen. Tom hat einen Crémant in der Kühlbox aus Berlin mitgebracht.

«Das ist viel besser als Nudelsuppe», sage ich. «Das mache ich ab jetzt auch immer.» Tom lacht.

«Ja», sagt er, «der ist gut, oder?»

Und Anja sagt: «Wenn wir das durch vier teilen, dann sind es pro Flasche vier Euro für jeden.»

«Vielleicht sollten wir das Taschengeld der Kinder noch

mit reinrechnen, dann wird es billiger», sagt Matthias und lacht. «Schließlich profitieren die ja auch von entspannten Eltern.» Anja und Tom schauen, als dächten sie drüber nach.

Gleich um die Ecke gibt es eine Therme. Die Kinder haben schon auf dem Hinweg genervt, dass sie da unbedingt hinwollen. «Das machen doch jetzt mal die Väter», sagt Anja und lächelt ihren Liebsten auffordernd an. Und was soll ich sagen, tatsächlich ziehen alle sechs kurze Zeit später zusammen ab. Ich hatte gedacht, der Benefit von Urlaub mit Freunden sei, dass die Kinder jemanden zum Spielen haben. Aber dass wir sie direkt für ein paar Stunden ganz aus den Füßen haben würden und dass wir nicht auch noch stundenlang in einem pisswarmen Kinderbecken hocken müssen, das hatte ich nicht gewagt zu hoffen. Mein Respekt vor Anja wächst. Und als abends auch noch Tom kocht, frage ich mich, warum wir nicht immer mit Freunden Urlaub machen.

Eine Frage, die sich allerdings am nächsten Morgen ganz anders präsentiert, als Clara schon um halb sieben an unsere Ferienhütte klopft, um Fiona zum Spielen abzuholen. «Wir sind immer so früh wach», erzählt mir Anja später begeistert.

Das war uns so nicht klar. Aber gut, Clara und Lukas wurden auch schon um acht ins Bett gestopft. Damit die Abendroutine nicht gestört wird. Wenn Fiona so früh wach wird, darf sie fernsehen. Das kann ich vor Anja ja schlecht zugeben. Man will ja nicht als Flodders dastehen. Ich sehe Anja vor mir.

«Du Arme», würde sie sagen. «Stressen Dich Deine Kinder so, dass Du die mit Fernsehen ruhigstellst?»

Aber jetzt machen wir Frühstück. Dieses ganze Tisch-Decken, Tisch-Abräumen, Geschirrspülen ist deutlich netter, wenn man es zu mehreren macht. Dann schmieden die «LuFiWuKos» Pläne. Das Gute am Urlaub mit Freunden ist, dass man gar nicht so viel planen muss. Dass man zusammen ist, ist ja bereits ein Event. Bei Regen verwüsten die Kinder abwechselnd das eine und das andere Ferienhaus, an den wenigen Sonnentagen gehen wir so lange spazieren, bis jemand heult. Viel anderes machen kann man in der Gegend wirklich nicht.

Allerdings, wann immer Matthias und ich etwas planen, sagen Tom und Anja, sie wollten gerade was total anderes machen. Wenn wir sagen, lasst uns ausgehen zum Abendessen, sagen sie, zu Hause ist es doch total gemütlich, wir haben doch noch Reste von gestern. Wenn wir sagen, lass uns links zum See runter, wollen sie eine Radtour machen. Und sind total irritiert, wenn wir ihre Idee nicht besser finden.

Am dritten Tag wollen wir abends in eine Pizzeria, die Anja ergoogelt hat. Auf dem Weg dahin kommen wir aber an einer vorbei, die alle anderen viel schöner finden, mit einem kleinen Innenhof, in dem die Kinder spielen können. Anja schmollt kurz, dann sagt sie: «Okay.»

Aber während des Essens nagt es dann doch an ihr. Sie stochert in ihrem Insalata Caprese. «Der sah drüben besser auf, finde ich.» Sie nörgelt an der Wartezeit für die Pizza. «In dem anderen Laden war nicht so viel los, da hätten wir längst das Essen.» Sie bemault die Auswahl an Dessert. «Ich glaube, drüben hatten die so Fruchtschalen, das sah toll aus.» Schließlich hält sie es nicht mehr aus, noch bevor der Kaffee serviert wird, sagt sie: «Ich komme gleich wieder.»

Und verschwindet. Fünf Minuten später kommt sie zurück. Sie hat Fotos von der anderen Pizzeria gemacht, Aufnahmen von der Speisekarte, und sogar die Teller auf einem Tisch fotografiert, das zeigt sie uns jetzt. «Schaut mal, das ist doch wirklich viel schöner.»

Anja hat ganz genaue Vorstellungen von ALLEM, und es irritiert sie, wenn nicht sofort jeder erkennt, wie viel besser ihre Ideen sind. Als wir nach dem Essen ein Eis bei dem Kiosk am Eingang des kleinen Feriendorfs kaufen, sagt Anja sofort: «Also meine Kinder dürfen nur eine Kugel.» Ich hatte noch nie drüber nachgedacht, wie viele Kugeln meine Kinder dürfen. Mir war gar nicht klar gewesen, dass man dazu eine Haltung entwickeln muss. Einmal gehen Fiona und Clara sich alleine ein Eis kaufen. Anja hatte ihnen Geld gegeben. Später sagt sie zu mir: «Ich kriege noch 2,50 Euro für Fionas Eis vorhin.» Und als Josepha an dem einen Tag abends noch ein zweites Eis haben will, traue ich mich nicht, ihr eines zu kaufen. Weil Anja mich sofort so schräg anschaut. Mehrfach wird Anja auch in diesem Urlaub zu mir sagen: «Ach, so macht Ihr das?» Es klingt nie anerkennend.

Urlaub mit Freunden wirft noch mal einen neuen Blick auf die eigene Familie. Man sieht sich die ganze Zeit im Spiegel anderer Menschen. Für jeden Moment, wo man als Eltern am Anspruch der modernen Pädagogik scheitert, gibt es Zeugen. Wenn man mit Freunden verreist, muss man sich vorher genau überlegen, ob man will, dass die einen für den Rest seines Lebens daran erinnern, wie man eigentlich so ist als Eltern.

Ich fühle mich kontrolliert. Was auch daran liegt, dass Anja alles, aber auch wirklich alles sofort umrechnet und uns daran erinnert, was wir ihnen schulden. Der Höhepunkt ist gekommen, als einmal ein Mittagessen 150 Euro kostet und Matthias und ich einfach die Hälfte auf den Tisch legen, plus zehn Euro Trinkgeld. Und Tom sagt, das sei zu viel, und unser Trinkgeld einsteckt. Als wir abreisen wollen, stellen wir fest, dass Tom und Anja Pfeffer, Salz und Öl, das wir gekauft hatten, eingepackt haben. Matthias und ich lachen den ganzen Heimweg drüber. Nach so einem Urlaub mit Freunden merkt man auch, was man aneinander hat.

10. VERSUCH:

DER WEG ZUM KLO IST DAS ZIEL – WARUM GLAMPING AUCH KEINE LÖSUNG IST

DIE THEORIE: *Die Strahlen der Morgensonne erleuchten die Veranda meiner Lodge. Ich trete auf die Veranda, das Holz unter meinen Füßen ist warm, ich habe mich in meinen leichten französischen Morgenmantel gehüllt, eine Tasse Kaffee in der Hand, und genieße die Aussicht. Der Campingplatz ist ein eigener kleiner Kosmos aus Flip-Flops, lachenden Kindern und Natur.*

Josepha und Fiona laufen überall alleine hin, lernen andere Kinder kennen, spielen Fußball auf dem großen Platz, während ich mit anderen Eltern an der Bar sitze. Wir saugen die fremde Sprache auf wie der Sand das Meer, mittlerweile sprechen wir alle fast fließend Französisch. Wir machen Glamping: die Luxus-Version des Zelturlaubs, all die Vorteile des naturnahen einfachen Lebens, aber mit Federkern-Matratze und ohne Mückenstiche. Und natürlich alles instagrammable.

Ich blicke hoch: Durch die hohen Stämme der duftenden Pinien vor unserer Veranda sehe ich das Meer. Es ist ruhig. Die Kleinen schlafen noch. Wenn sie aufwachen, werden sie Croissants von der Boulangerie und frisches Obst von dem kleinen Obststand holen. Danach decken sie den Frühstückstisch. Aber so weit ist es noch nicht. Noch habe ich Zeit für mich. Ich liebe diese Stunden alleine am Morgen. Ich nehme die aktuelle Ausgabe von Le Point und lege mich in die Hängematte der Nachbarn. Solange die Kinder noch schlafen, lese ich drei bis vier Artikel.

DIE PRAXIS: Ich wache auf, weil ein Fuß gegen mein Kinn tritt. Auf meinem Arm liegt jemand. Zwei Beine halten mein Bein umklammert. Als ich den Fuß von meinem Kinn schiebe, legt sich von der anderen Seite ein anderes Bein auf meinen Hals. Ein Ellbogen schiebt sich in meine Rippe. Wenn man zwei Kinder hat, gibt man ihnen eine realistische Chance, mit ihren Gliedmaßen wirklich jede Stelle des elterlichen Körpers zu bedrängen. Ich versuche mich umzudrehen, aus der Umklammerung zu lösen, ohne dass jemand aufwacht. Es ist kompliziert.

In unserem nächtlichen Gewühl hat sich die Einmalbettwäsche des Campingplatzes von dem Kopfkissen gelöst und von der Matratze geschoben, meine Backe klebt jetzt an der Plastikoberfläche fest. Mein Bein an der Matratze. Es ist kalt.

Glamping – was für eine Scheißidee. Wie immer hatte ich natürlich überhaupt keine Zeit und schon gar keine Lust, um mich ordentlich auf den Urlaub vorzubereiten. Eine Freundin hatte mal einen Artikel in der SZ gelesen, in dem ein Autor den Campingplatz so schön beschrieben hat. Da Campingplätze in Frankreich sehr begehrt sind, sagte meine Freundin, dass ich schon im Januar buchen müsse. Mindestens eine Woche checkte ich jeden Tag, ab wann man buchen konnte. Als es endlich freigeschaltet wurde, shoppte ich mir sofort die Edel-Lodge. Ich hatte den Text in der SZ nicht gelesen. Ich habe einfach nur die Bilder angeschaut, dic man auf der Webseite sehen konnte. Da sah man eine stilvoll eingerichtete Blockhütte mit fuchsiafarbener Bettwäsche und tiefblauen Überwürfen.

Da stand nicht: Bitte kommen Sie mit einem Möbelwagen

und richten Sie alles selbst ein. Als wir aber sechs Monate später, an einem warmen Tag im Juli, unsere Lodge beziehen wollten, stellte sich raus: Das Ganze ist eben doch nur ein kackbraunes Plastik-Zelt, auch wenn es in den Konturen eines Hauses gehalten ist.

Als wir gestern ankamen, mussten wir erst mal Inventur machen. Wir stellten unser Gepäck auf die Terrasse, und Fiona stellte die Stühle raus und zählte sie. «Mama, schau mal, wir haben Draußenmöbel!»

Josepha lief währenddessen ums Zelt rum und sang begeistert ein kleines Lied, in dem von einem Zelt-Motel die Rede war.

Auch Fiona war ganz aus dem Häuschen vor Glück. Sie lief mit der Liste, die sie uns an der Rezeption gegeben hatten, durch das gesamte Zelt und machte Häkchen. Dabei lernte sie noch en passant ein paar neue Worte.

«Mama, ist das eine Casserole?»

«Nein, das ist ein Regal.»

Die Serviergabel konnten wir beide nicht zuordnen, und beim Schaumlöffel malte ich ein großes Fragezeichen auf den Zettel. Was soll das sein? Sogar beim Pfannenwender musste ich eine Weile nachdenken, bevor mir klar wurde, was das sein könnte. Leider dauerte dieses Prozedere so lange, dass der Campingplatzsupermarkt schon zu war.

Bei der Inventur stellte sich raus: Eine Herdplatte funktioniert nicht, die Tassen sind so klein, dass maximal ein Schluck Kaffee reinpasst, sie haben vergessen, uns einen Kanister für Wasser hinzustellen, also laufen wir in Ameisenstraßen mit Gläsern zur Wasserstelle, Schlafsäcke haben wir nicht mitgebracht, wir haben uns also nachts in unsere Handtücher gewickelt, die noch nass vom Duschen waren. Und dann einfach die Campingplatzdecken über uns gelegt. Ständig gibt es hier neue unlösbare Aufgaben, wie der stinknormale Alltag zu bewältigen ist. Die Kinder finden es super, ich will nach Hause.

Ich friere. Aber die «Decken» sind von den Kindern mit Beschlag belegt. Links von mir hat sich Fiona in ihre gewickelt, rechts hat sich Josepha quer auf das kratzige Ding gelegt. Sie hat sich in der Nacht einmal gedreht, um ihre Angriffschancen zu erhöhen. Wir sind in Südfrankreich mitten im August, es ist arschkalt.

Auf meiner ewigen Suche nach der Familienurlaubsformel bin ich auf diesem Campingplatz gelandet. Aber auch das scheint schon im Ansatz zu scheitern. Das ist besonders ärgerlich, weil es diesmal auch darum ging, meinem Mann zu beweisen, dass Urlaub mit zwei kleinen Kindern auch total entspannt sein kann, wenn man nur die richtigen Ziele hat und die richtige Konstellation.

Wir haben unsere drei Wochen Frankreich aufgeteilt, zwei alle zusammen, eine nur ich mit den Kindern. Es ging nicht anders, Matthias musste wieder arbeiten. Völlig überraschenderweise war die letzte Woche die beste Urlaubswoche, die wir je hatten. Ein kleines Häuschen, direkt hinter einer Düne, links der Ozean, rechts das Becken von Arcachon. Es war fantastisch. Das Haus war so gut geschnitten, dass ich aufstehen konnte und mir Kaffee machen konnte, ohne jemanden zu wecken. Diese erste Zeit am Morgen, diese Ruhe, die ist mir heilig. Rund ums Haus gab es alle möglichen Dinge, mit denen die Kinder spielen konnten. Einen kleinen Weg mit Kieseln, einen Brunnen, einen extra Tisch mit Stühlen. Manchmal ist Matthias einfach mit den Kindern schon mal zum Strand und ich hatte etwas Zeit allein. Manchmal konnte ich auch lesen, wenn alle da waren, denn die Kinder haben Kiesel in den Brunnen geworfen oder sich in der Außendusche nass gemacht oder einen Salamander gejagt.

Und jetzt?

Schon als mich Matthias gestern auf den Campingplatz-Parkplatz fuhr, als ich die ganzen patenten Alternativ-Urlauber mit ihren praktischen Ausrüstungen in ihren Freizeitklamotten erspähte, packte mich die Panik. Ich wusste auf einmal: Das ist ein Fehler. Das Gefühl überkam mich wie Übelkeit und Frost. Ich fühlte mich wie ein Kind, dessen Eltern es im Sommercamp der Hölle absetzen und das nur seine Stofftiere zum Schutz gegen die Horde Horror-Kinder dabeihat, die es dort erwarten.

Als ich mich endlich aus den Umklammerungen befreit habe, ziehe ich – so leise wie möglich – den Reißverschluss auf und gehe in unsere «Küche». Ich brauche Kaffee. Aus der anderen Ferienwohnung habe ich noch Kaffeekapseln, die waren zu klein für die Maschine und ich zu umweltbewusst aka zu geizig, sie wegzuwerfen. Ich nehme eines der Steak-Messer (da ist die Ausstattung dann auf einmal wirklich Glamping), steche durch die Plastikhülle und lasse das Pulver in eine Tasse rieseln. Die Hälfte geht daneben. Den befreiten Kaffee gieße ich mit heißem Wasser in meiner Mini-Tasse auf. Toll, wie ursprünglich das alles ist hier.

Ich gehe vors Zelt, setze mich auf den Plastikstuhl und trinke einen Schluck. Kaffeekrümel kleben sich auf meine Zunge und meine Zähne, es ist immer noch kalt. Von der Veranda aus blickt man auf die parkenden Autos der anderen

Camper. Parkplatzblick statt Meeresweite. Egal. Ich genieße das jetzt. Ich schlage den New Yorker vom Mai auf. In dem Moment tappst hinter mir eine kleine Gestalt aus dem Zelt. Sie legt eine klebrige Hand auf meinen Arm und sagt: «Mama, ich muss auf's Klo.»

«Dann geh, Schatz.»

«Du musst aber mitkommen.»

Heute Nachmittag kommt meine Freundin mit ihren beiden Kindern, ich sehne sie schon herbei. Auch, weil ich ihr gestern eine lange Liste mit Sachen geschickt habe, die man hier dringend braucht, die sie bitte noch schnell einpacken soll. Bettlaken zum Beispiel. Wir hatten ausgemacht, dass sie den Mietwagen vom Flughafen holt, ohne Auto ist man hier aufgeschmissen.

Das Ratschen des Reißverschlusses vom Nachbarzelt unterbricht meine Gedanken. Solange es so still ist auf dem Campingplatz, ist die Akustik ganz hervorragend. Heraus tritt eine Frau mit einer Kaffeetasse in der Hand, knappe Hose, knappes Shirt, Top-Figur. Sie grinst und gähnt, prostet mir zu. «Guten Morgen.»

Auch Deutsche. Sie sieht irre erholt aus. Ich hebe meine Tasse zum Gruß und schaue mitleiderregend.

«Ich habe leider die falschen Kapseln gekauft, bei mir ist es jetzt Körnerkaffee», sage ich.

Sie lacht. «Willst Du was von meinem? Ich habe noch total viel.»

«Ich muss mal», schaltet sich Josepha wieder ein. Sie hat sich ausgerechnet diesen Urlaub ausgesucht, um auf die Windeln zu verzichten. Genau einen Tag nachdem ich noch zwei Maxi-Packungen ihrer sündhaft teuren Höschen-Pampers gekauft habe. Ich habe überhaupt keine Lust, jetzt schon wieder auf die Campingplatz-Toilette zu pilgern. Das Kind sei trocken, sagt man auch. Was ein Irrtum ist, es läuft noch sehr, sehr viel aus dem Kind raus, wenn man es nicht rechtzeitig auf die Toilette bringt.

Nur ist auf Campingplätzen eben die Toilette Teil des Entertainmentprogramms. Man muss hinlaufen zum Klohäuschen und zurück, wenn man das, so wie ich gestern, fünfmal am Abend macht, dann muss man sich schon mal keine Gedanken machen, wie man den Rest des Abends gestaltet. Ich verabschiede mich also von der Idee, dass ich den Nachbarinnen-Kaffee und erwachsenen Austausch bekomme, und suche die Klopapierrolle. Unterwegs begegnen uns andere Camper, auch sie mit Klopapierrollen in der Hand, alle mit demselben Ziel. Camping ist so toll, alle sind gleich bescheuert.

Gemeinsam stehen wir dann in unseren Schlafanzügen in der Klo-Schlange, Josepha streicht um meine Beine, und ich habe Panik, dass sie mir auf die Füße pinkelt.

«Ich muss so dringend», sagt sie alle zehn Sekunden, und ich werde immer nervöser. Als endlich ein Klo frei ist, ich das Kind auf der mit Klopapier bedeckten Brille platziert habe, knie ich mich vor sie und halte sie fest. Sie umarmt mich und fragt: «Bist Du stolz auf mich?»

Vielleicht habe ich es mit dem Lob für ihre ersten Toilettengänge etwas übertrieben. Nun fordert sie jedes Mal Begeisterung ein.

«Ich bin sehr stolz auf Dich, Liebelein», sage ich.

«Und Papa?», fragt sie. «Ist Papa auch stolz auf mich?»

«Ja, wir erzählen es ihm nachher.»

«Und Fiona?»

«Sie wird begeistert sein.»

Josepha überlegt kurz.

«Ich muss gar nicht», sagt sie dann.

Also zurück zum Zelt-Motel. Zur wärmenden Morgensonne. Zum krümellosen Kaffee. Leider ist die Frau verschwunden.

«Ich glaube, ich muss doch», sagt Josepha.

Nach dem Frühstück (wir haben die Reste unseres Reiseproviants, also Gummibärchen, Salzbrezeln und Bifis, gegessen), nachdem wir gespült, die Mini-Küche wieder aufgeräumt und alle Sachen für den Strand zusammengesucht haben, gehen wir endlich los. Das Zähneputzen fällt aus. Ich hatte im Kulturbeutel einen Waschmittelpod dabei, der unterwegs aufgeplatzt ist und meinen Kulturbeutel in ein Mini-Chemie-Labor verwandelt hat. Ich hatte am Abend literweise Wasser drüber gegossen, aber das hochkonzentrierte Waschmittel war stärker. Den Rest des Urlaubs putze ich mir mit Persil 3in1, die perfekte Mischung aus Weichspüler, Waschmittel und Fleckenlöser, die Zähne, den Kindern gönne ich nach zweimal Zähneputzen mit Brechreiz neue Zahnbürsten.

Es ist schon fast Mittag. Man braucht durch den Pinienwald circa eine halbe Stunde bis ans Meer, falls man nicht eine Dreijährige dabeihat, die unterwegs bei drei Klohäuschen halten will.

Ich liebe den Atlantik, er ist so weit und so wild, und mit zwei kleinen Kindern hat man nicht den Hauch einer Chance, dass die einfach ruhig alleine in den Wellen spielen können und man selber Zeit zum Schwimmen hat. Leider gibt es auch weit und breit nur einen einzigen kleinen Shop mit Eis und Kaffee und Croissants, aber der wird von einer Hippie-Frau geführt, die noch in der Sonne schläft, als wir vorbeikommen. Wir suchen einen Platz, an dem der Wind einen nicht ganz so brutal umweht, breiten die Decken aus, stellen den Sonnenschirm auf und lokalisieren das nächste Klo. Ich mache Fotos für den heimgereisten Vater.

Josepha baut Hasi, Hundi, Katzi und Pingu auf ihrem Handtuch auf. Dann erschrickt sie: «Wo ist Robbi?» Fiona rennt los und findet Gott sei Dank das vermisste Tier zwischen den Holzplanken, die zum Strand hin führen. Dann lege ich mich auf mein Handtuch und werfe den Kindern Sandzeug zu.

«Hier, spielt», sage ich möglichst entschieden. Mein Handy brummt. Es ist meine Freundin, die, die heute Nachmittag kommt. Die, die mich retten wird. Ich hoffe, sie beeilt sich, ich habe Hunger. Sie schreibt:

«Kompletter Horror. Karl hat sich den Fuß gebrochen, wir haben den Flieger verpasst und sind jetzt im Krankenhaus. Sorry.»

Ich setze mich auf, atme schwer durch, ich bin müde, ich bin erschöpft, und das ist erst der erste Tag, ich glaube, ich fange gleich an zu heulen. Fiona bemerkt es, nimmt mich in den Arm.

«Alles okay, Mama?»

Ich drücke sie. «Es geht schon, meine Süße.»

Josepha sagt: «Ich muss mal aufs Klo.»

Früher habe ich öfter mal gezeltet, bei Rock am Ring zum Beispiel, wo man schon nach wenigen Stunden total vom Matsch bedeckt war, der sich dann das ganze Wochenende über hielt. Oder eine Nacht in einem kanadischen Nationalpark, wo man den Proviant in einem Baum deponieren musste, damit die Bären ihn nicht kriegen. Oder auf Interrail, in Rom, in Avignon, in Städten, wo man es sich sonst nicht hätte leisten können, über Nacht zu sein. Da hatten wir nur ein simples Zelt, das man in ein paar Minuten aufbauen konnte, und dann reichte es für die kurze Zeit, und man war eh dauernd draußen. Aber das, so stelle ich auf dem Campingplatz in Südfrankreich fest, hat nichts mit Campen zu tun. Ich habe gezeltet, aber ich habe noch nie gecampt.

Der Campingplatz, auf dem wir gelandet sind, ist organisiert wie eine kleine Stadt, die ein zugekokster Stadtplaner entworfen hat. Die Wege sind nie gerade, sie schlängeln sich hoch und runter und vor und zurück, sie bäumen sich auf, sie vervielfältigen sich, sie enden im Nichts. Alles nur dem Plan unterworfen, möglichst viel Strecke herzustellen, damit jeder Platz direkt am Weg liegt und niemand auf Tuchfühlung mit seinem Auto verzichten muss, falls er nicht direkt in seinem Auto campt. Wenn man, wie ich, kein Auto dabeihat, läuft man also mit seinen Kindern endlos auf und ab. Was ideal ist, wenn man ein Kind wie Josepha hat, das unter Garantie irgendein lebensentscheidendes ihrer fünfhundert mitgebrachten Kuscheltiere vermisst. «Wo ist Haaaassssiiiii?»

Organisch urbanes Wachstum gibt es nicht auf dem Platz, jeder Zelt-Typ ist mit anderen Vertretern seines Typs in einem eigenen kleinen Camp-Ghetto. Um uns rum sind nur Zelt-Häuschen mit festem Fundament. Näher am Klo-Häuschen stehen die gigantischen Riesen-Camper dicht an dicht, denn da sind die Steckdosen. Hinter uns liegt der große Platz der Familienzelte, der sich manchmal morgens komplett neu präsentiert, wenn eine Gruppe nachts abgereist ist und die Neuen schon vor Sonnenaufgang angerückt sind.

Kurz vor dem Tor, durch das man auf den Weg zum Strand kommt, campen die Alternativen. Eine Truppe wohnt in einem Ding, das wie ein ausrangiertes Zirkuszelt aussieht. Hoffentlich riecht es nicht so. Dann gibt es die Wagenburg. Und die Leute, die ganz am Eingang in so Planwagen-förmigen Dingern wohnen, die man nur für wenige Nächte mieten kann. Aber egal, in welcher Ecke man wohnt, welcher Siedlung auch immer jemand zugeordnet ist: Alle haben unglaublich viel Camping-Gear dabei. Sie haben Wohnmobilorganizer und Taschenlampen-Hüte für den nächtlichen Klo-Gang und Klappboxen und überhaupt alles.

Ich dachte immer, Campen sei so ein Ding für Naturleute und einfaches Leben. Aber das muss ich mit den Surfern verwechselt haben. Die Camper, auf jeden Fall diese hier, richten sich alle innerhalb von kürzester Zeit in ihren Zelthäusern so ein, als sei es ihr hypothekenbelastetes Reihenhäuschen in der Vorstadt. Überall sieht man abends die LED-Lichterketten, manche aus Bärchen, manche stylisch. Die Camper liegen vor ihren Zelten auf aufblasbaren Sofas und schauen auf Bildschirme, überhaupt bemüht sich jeder, möglichst originalgetreu sein Wohnzimmer nachzustellen. Fehlt nur der Gartenzaun.

Aber der absolute Camping-Gear-Freak ist Yvonne.

Yvonne ist die Frau aus dem Nachbarzelt. Wir treffen sie am Strand wieder, als wir wegen des steigenden Wassers umziehen müssen. Dabei kommen wir an einer Frau vorbei, die mit ihrem sehr süßen dunkellockigen Sohn begeistert im Sand buddelt und schon ein halbes Imperium geschaffen hat. Die Kinder bleiben bewundernd stehen. Als sie hochblickt, erkenne ich sie wieder.

«Hey, Ihr seid doch die Nachbarn», sagt sie. «Wie nett, Euch zu treffen. Ich bin Yvonne, und das ist Paul.»

«Hallo», sagt Paul und winkt uns zu.

Ich bin überrascht, meine Kinder sagen, wenn man sie vorstellt, gerne so was Freundlich-Offenes wie: «Menno», und verstecken sich hinter mir.

«Wir bauen eine geheime Hafenstadt», erklärt Yvonne. «Macht doch mit.»

Fiona und Joe scharren mit den Füßen im Sand und zögern. Ich ergreife die Gelegenheit und packe einfach alle unsere Sachen direkt neben die von Yvonne, lege mich auf mein Handtuch und halte mir schnell meinen New Yorker vors Gesicht.

Die Kinder nähern sich jetzt dem geheimen Hafen. Ich selbst halte immer original fünf zähe Minuten aus beim Mitbauen, danach setze ich mich einfach immer nur daneben. Aber Yvonne kniet mit großer Hingabe stundenlang mitten im Sandhaufen und buddelt die Tunnel für den versteckten Zugang zur Stadt. «Wie wär's, wenn hier die Piraten reinsegeln?»

«Brauchen wir nicht hier einen Ausguck?»

«Los, wer besorgt mir ein Boot?»

«Was für ein toller Steg, Paul, super Idee.»

Drei Seiten schaffe ich, dann wirft sich Fiona auf mich.

«Hunger», sagt sie.

«Bitte nicht», sage ich.

«Was magst Du denn?», fragt Yvonne. Sie verschwindet kurz in ihrem riesigen, praktischen Rucksack und taucht mit einer Packung Mini-Salami wieder auf. Yvonne ist ein Momcargo, eine Survival-Station auf zwei durch regelmäßiges

Joggen und Yoga gestählten Beinen. Sie hat ein regenbogenfarbenes Muschelzelt, das vor Wind und Sonne gleichzeitig schützt. Sie hat eine Kühlbox, in der sie Karottensticks und Apfelschnitze und sehr leckeren Traubensaft transportiert, alles perfekt gekühlt. Sie hat auch belegte Brote dabei. Sie ist auf alles vorbereitet, sie ist die Perfektion der Effizienz, und das alles auch noch mit Spaß und Leichtigkeit.

«Ihr seid doch auch erst gestern angekommen», sage ich und versuche, nicht beleidigt zu klingen.

«Ich hatte das irgendwie noch, wir waren vorher ein paar Tage in Bordeaux», sagt sie.

«Ah, klar», sage ich, obwohl wir auch in Bordeaux waren und von da nur ein Glitzerarmband für Josepha und einen kleinen Seestern als Anhänger für Fiona mitgebracht haben. Und eine Flasche Wein für mich.

«Ich habe überhaupt noch total viel dabei, wollt Ihr heute Abend nicht einfach bei uns essen?»

Ich will sie sein. Oder, noch besser, ich will ihr Kind sein.

Als wir vom Strand zurückkommen, bin ich immer noch müde von der durchfrorenen Nacht. Ich lege mich aufs Bett, die Kinder nölen. Ich erlaube ihnen, eine Folge «Die tierischen Fälle von Kit und Sam» auf meinem Handy zu schauen.

«Zwei Folgen», sagt Josepha sofort.

«Okay», sage ich.

«Vier Folgen», sagt Josepha. Ich hoffe, sie behält sich ihre Hartnäckigkeit für ihre erste Gehaltsverhandlung. Während die Erkennungsmelodie der beiden Geheimagenten durchs Zelt dudelt, sehe ich durch die geöffneten Zeltbahnen, wie Yvonne und Paul draußen Federball spielen und Spaß haben. Ist die denn nie genervt?

Fünf Folgen und einen Tobsuchtsanfall von Josepha, weil ich das Handy ausmache, später winkt uns Yvonne von nebenan. «Wollt Ihr so in einer halben Stunde essen kommen? Paul geht noch eben duschen.»

«Neeeiiin», schreit Paul.

Ich bin erleichtert, auch Yvonnes Kind ist ein Kind.

Aber Yvonne ist einfach die beste Freundin ihres Sohnes. Sie hat immer Lust, mit ihm zu spielen. Und sie ist auch nicht genervt, wenn er mal ausrastet. Ruhig und bestimmt zählt sie die Vorteile des Duschens auf: kein Sand im Bett, kein Salz auf der Haut.

«Nein, nein, nein», schreit Paul.

«Du darfst heute Abend mit mir noch einen Detektivfall lösen», verspricht Yvonne. Paul nickt. Die beiden ziehen ab.

Beim Abendessen erzählen wir uns von unseren Leben – also, genau genommen erzählt Yvonne. Denn natürlich hat sie schon alles gemacht: Sie war Tauchlehrerin auf den Malediven, hat mit jugendlichen Straftätern in Mexiko im Knast Graffiti-Kunst gemacht und vermutlich irgendwann mal aus Versehen eine Raumstation mitgebaut.

«Ich bin halt ein Abenteuer-Typ», sagt sie und nimmt einen Schluck von ihrem perfekt temperierten Traubensaft.

Währenddessen sitzt der achtjährige Paul geduscht, frisch umgezogen und mit gekämmten Haaren ganz lässig am Tisch, den er natürlich selbst gedeckt hat.

Und Yvonne? Die lag währenddessen entspannt in ihrer Reisehängematte, die sie innerhalb von 4,2 Sekunden zwischen zwei Pinien aufgespannt hatte, und las ihm aus einem Abenteuerbuch vor. Ich vermute, in zwei Sprachen.

Als ich Fiona vorschlage, sie könne doch in Zukunft auch mal beim Tischdecken helfen, sieht sie mich an, als hätte ich ihr angeboten, ein Jahr unter Tage zu arbeiten.

Händewaschen? Natürlich nicht. Warum auch, morgen wird der Sand, der sich jetzt unter den Fingernägeln versteckt, doch eh ins Meer gespült. Aber egal. Essen ist da. Ich musste es nicht kochen. Das ist, was zählt.

Yvonne verteilt Schinkennudeln, Josepha isst Salat, immerhin das. Aber schon bei meiner zweiten Gabel verkündet Josepha: «Ich muss aufs Klo.»

«Musst Du nicht», sage ich und greife nach der Salatschüssel. Leider beweist sie mir umgehend, dass sie doch musste.

«Ist doch nicht so schlimm», sagt Yvonne und lacht, als wir endlich alles aufgewischt haben. Dann will Josepha auch Nudeln essen. Ich gebe ihr welche auf den Teller. Sie will mehr. Ich gebe ihr mehr. Sie will noch mehr. Ich gebe ihr nichts mehr. Sie bekommt einen Tobsuchtsanfall. So ist das mit Josepha gerade. Beim Eisladen um die Ecke wollte sie letztens Mango-Eis in der Waffel, als sie es bekam, wollte sie es im Becher, als sie das bekam, wollte sie es mit Streuseln, als sie die bekam, wollte sie Schoko-Eis. Sie hat jetzt Hausverbot in der Eisdiele.

Nach dem Essen spielen die Kinder Fußball vor den Zelten, und bevor sich die Nachbarn bei uns beschweren können, gehen Yvonne und ich mit unseren Spülschüsseln los in Richtung Feuchtstation. Yvonne hat ein praktisches Stapelsystem, sogar ihr Spülschüssel-Game ist meinem überlegen. Das Spülen beim Campen wird zelebriert wie ein heiliges Ritual der Entschleunigung. An allen Waschbecken stehen spärlich bekleidete Camper und seifen voller Hingabe ihre Teller ein.

Wie es sich bei archaischen Ritualen gehört, wird die Zeit mit einer Geschichte begleitet.

«Ganz schön lebhaft, deine beiden», sagt Yvonne und reicht mir ein tropfendes Glas. Ich nicke. Ich traue mich nicht zu fragen, ob sie das Gebrüll meint, das Fiona anstimmte, als sie vorhin mit nacktem Fuß in einen Pinienzapfen trat, oder den Wutanfall von Josepha, als wir ihr sagen mussten, dass es keine Nudeln mehr gibt.

«Irgendwie auch süß», sagt Yvonne und spült ihr kompostierbares Bio-Spülmittel von der Pfanne.

«Als Paul drei wurde, da habe ich mir eine Zeit lang auch eingebildet, ich brauche ein zweites Kind.»

«Ach, ja?», sage ich. Und bereite mich innerlich auf eine traurige Geschichte von Kinderwunschbehandlungen, Hormonspritzen und Fehlgeburten vor. Aber Yvonne überrascht mich mal wieder.

«Aber dann haben mir seine Erzieherinnen in der Kita gesagt, Paul ist so ein tolles Kind. So fröhlich, so wach, so aufmerksam.»

«Wie schön», sage ich.

«Ja, und dann dachte ich, wenn ich jetzt noch ein Kind bekomme, ist das dann genauso toll? Ich meine, ist das überhaupt möglich?»

«Schwer zu sagen», murmele ich und drehe den Wasserhahn auf, damit der meinen Satz verschluckt, bevor ich ihn ausspreche. Ich bin noch nicht bereit, mich vom Mutterraumschiff abzukapseln, vor mir liegen eine lange, kalte Nacht in Handtüchern und Plastikdecken und ein Morgen mit Kaffeesatz im Mund. Ich brauche Yvonne.

Aber Yvonne hat ohnehin gar nicht damit gerechnet, dass

ich etwas sagen würde, denn sie redet sofort weiter. «Ja, genau, eigentlich geht das nicht. Also bleiben wir zu zweit. Es ist so toll.» Sie wischt das Waschbecken mit einem Handtuch trocken. «Ich kenne so viele Familien, wo es echt schwierig geworden ist mit dem zweiten Kind. Ganz viele Männer, die mir sagen, hätte ich das vorher gewusst, wir wären bei einem geblieben. Wollte dein Mann ein zweites?»

Während sie redet, wäge ich im Stillen den Nutzen unserer neuen Miturlaubs-Familie gegen den Schaden ab. Ja, ich mag Kaffee ohne Kaffeepulver am Morgen. Ja, ich mag es, wenn die Kinder jemand zum Spielen haben und ich mir nicht überlegen muss, welches Abenteuer die Lego-Figuren heute bestehen. Aber ist es mir wichtig genug, dass ich dafür mit dieser BFF-Mom abhänge?

Nach dem Spülen gehen wir noch mal zu der kleinen Eisdiele vor der Düne. Auf dem Weg zurück bekommt Josepha wieder einen Tobsuchtsanfall, diesmal, weil sie nicht als Erste den Pin eingeben durfte, der die Pforte öffnet. Fiona und Paul gehen schon mal vor. Yvonne läuft schweigend neben mir, ungewöhnlich für sie. Dann bleibt sie plötzlich stehen, dreht sich zur mir und sagt: «Ich überlege gerade, wie Paul in dem Alter war.» Ich ahne nichts Gutes. Sie schaut mich an und sagt: «Also auf jeden Fall: *so* nicht.»

Bevor wir das Licht in unserem Zelt-Motel ausmachen, schreibe ich Matthias eine SMS; noch fünf Nächte. Aber wie so oft im Urlaub ist immer der erste Tag der schlimmste. Die zweite Nacht ist etwas wärmer. Oder vielleicht habe ich mich einfach dran gewöhnt. Diesmal löse ich die Umklammerungen nicht, sondern lese einfach im Bett, sodass die Kinder immerhin bis acht schlafen. Gemeinsam holen wir dann im

Schlafanzug Croissants, schließlich sieht der Freizeitlook der anderen auch nicht groß anders aus. Wir frühstücken zusammen mit Yvonne und Paul und beschließen dann, den Minigolfplatz zu testen, bevor wir an den Strand gehen.

Auf dem Minigolfplatz stellt sich dann heraus, dass es doch etwas gibt, was Paul nicht kann. Und das ist Verlieren. Schon bei der ersten Station, beim Übungsloch, braucht er fünf Schläge. Fiona nur einen und sogar Josepha nur drei. Ich lächele sehr gönnerhaft und versuche, meinen Muttertriumph nicht zu sehr auszukosten. Aber das ist schwierig, denn der perfekte Paul flippt total aus. Bei der zweiten Station haut er seinen Schläger auf die Bahn, als er wieder fünf Schläge braucht, bei der dritten versucht er, das Windrad umzutreten. Als Yvonne ihn beruhigen will, haut er schreiend ab. Ich denke mir, nein, als er in Josephas Alter war, war Paul nicht *so*, dafür ist er es jetzt. Es stellt sich raus, selbst 'ne Cargomum-Alltagsheldin ist nicht auf alles vorbereitet. Und ich merke, ich habe jetzt eigentlich keine Lust mehr, dauernd neue Urlaubszenarien zu erfinden, damit ich mal entspannen kann. Beim nächsten Urlaub muss Matthias wieder mit.

11. VERSUCH

DU WOLLTEST DOCH AUF DEN PONYHOF! – WIE MAN TROTZ URLAUB ENTSPANNT

DIE THEORIE: *Seit Fiona auf dem Ponyhof ist, macht sie Entwicklungssprünge in Lichtgeschwindigkeit. Wir können ihr förmlich beim Reifen, Wachsen und Erleuchten zusehen. Es ist, als hätte sie auf einem Pony sitzend den Zugang zu einer höheren Dimension der Selbsterkenntnis gefunden.*

Sie begreift plötzlich, dass andere Lebewesen (zum Beispiel Eltern!) auch Bedürfnisse haben. Sie wird feinfühliger, rücksichtsvoller, ein Zen-Meister in Gummistiefeln. Der Ponyhof selbst ist eine Oase der Glückseligkeit. Die Luft schmeckt nach Heu und Freiheit, die familiäre Atmosphäre umhüllt uns wie eine warme Kuscheldecke. Entspannung pur – für alle. Und das Beste? Wir sind den ganzen Tag in Bewegung! Frische Luft! Gesunde Röte auf den Wangen! Kein Bildschirm weit und breit!

Auch Josepha ist ganz verrückt auf die Natur und die Nähe der Tiere. Sie spielt mit den kleinen Häschen, die hier frei rumlaufen. Auch die Arbeit, die hier getan werden muss, wird zum Spiel. Mein Kind, das zu Hause die Spülmaschine meidet wie ein wildes Tier, schwingt hier die Mistgabel voller Elan. Striegeln? Ihre meditative Lieblingsbeschäftigung. Sie versteht jetzt, wie erfüllend es ist, mit den eigenen Händen etwas zu erschaffen. Und wenn sie gerade nicht auf einem Pony durch die Gegend trabt, dann streifen wir Arm in Arm durch die wilde Natur, erzählen uns Geschichten, und ich frage mich, ob wir je wieder in die Realität zurückkehren wollen. Spoiler: nein.

DIE PRAXIS: Nach einer endlosen Fahrt durch eine endlose Allee kommen wir an. Ich liebe diese Moränenlandschaft, ich mag es, wenn man sich so fühlt, als sei man ganz weit weg, und genau dieses Gefühl gibt mir die Uckermark. Viel Struktur gibt es nicht, aber überall mischt sich Wasser in seinen unterschiedlichsten Formen in die karge Landschaft, hier ein See, da ein Soll, dort fließt es schnurgerade mitten durchs Schilf. Es ist lehmig und moorig und heckig. Es ist kurz vor Ostern, es grünt und blüht an allen Ecken.

Mitten in dieser Landschaft liegt der Ponyhof. Am Eingang steht ein Schild. Oben steht «Ponyhof». Unten steht «Reale Welt». Reale Welt ist durchgestrichen. Das hatte ich befürchtet. Der Ponyhof besteht aus einem großen Gelände mit mehreren Ställen und Häusern und umzäunten Flächen, die sicher einen Fachbegriff haben, den ich leider nicht kenne, und einer Ruine, die aussieht, als wäre sie mal ein Steinhaus gewesen, in der jetzt Esel leben. Überall stehen Pferde und Ponys rum, große, kleine, wuschelige, edle, nur Menschen sehe ich keine. Es ist allerdings noch recht früh am Morgen.

Alles sieht ein bisschen aus nach Wildwest, mit den vielen Toren und Satteln, alten Kutschen und einem Boot, das zu einem Blumenbeet umgearbeitet wurde. Hier wird nichts weggeworfen, hier bekommen die Dinge einfach eine neue Bestimmung. Neben den Eseln stehen kaputte Gummistiefel, aus denen jetzt Küchenkräuter wachsen. Ein alter Wohnwagen ist das neue Klohäuschen. Aus einer ausrangierten Tür wurde ein Tisch. Ich erwarte schon, dass uns ein Ranger begrüßt, als wir das Tor aufmachen und durch den Matsch reinwaten, aber es springen uns erst mal zwei riesige Hunde an.

Der kleinere wirft Josepha fast um. Erschrocken greift Fiona meine Hand.

Fiona wollte unbedingt auf den Reiterhof. Also eigentlich will sie, dass wir jedes Wochenende auf einen Reiterhof fahren, damit sie reiten lernt. Aber Matthias hatte dann die Idee, dass sie einfach mal eine ganze Woche auf einen Ponyhof kann. Da lernt sie schon mal ein bisschen reiten, da macht sie die ganze Woche Sport (megawichtig für Matthias), und außerdem kann sie so rausfinden, ob sie es auch wirklich so toll findet, das Reiten. Matthias' heimliche Hoffnung ist, dass es ihr nach einer Woche reicht und sie danach bei der Jugendauswahl von Hertha trainiert.

Auch Fionas Erwartungen sind hoch, nach 1375 Folgen «Bibi & Tina». Zum 8. Geburtstag hat sie Sophie bekommen, ein 26 × 97 × 105 cm großes Stehpferd, oder wie Fiona sagen würde: eine braune Stute mit einer weißen Blesse. Zum 9. Geburtstag gab es Reitstiefel und Reiterstrümpfe und blaue Reitsocken und einen Reithelm, mit dem sie auch skaten und Ski fahren und Rad fahren kann.

Ich bin mir auch nicht sicher, ob Matthias' Rechnung aufgeht. Wir waren schon einmal reiten in Fleesensee im Robinson Club, und ein anderes Mal ein Wochenende mit einer Freundin an der Ostsee, und beide Male hat es sie sehr glücklich gemacht. Das Ding bei mir und Pferden ist nicht, dass ich sie nicht schön finden würde. Ich finde sogar, die Idee vom Reiten, von dieser innigen Beziehung zu einem Tier, klingt toll. Es ist nur so, dass ich, wenn ich ehrlich bin, Angst vor Pferden habe. Insofern ist dieser Urlaub auf dem Ponyhof ein echter Liebesbeweis.

Der Hof wirkt wie einer der letzten Outposts vor der Prärie. Irgendjemand hat Schilder aufgehängt, die die Einstellung der Bewohner ausdrücken. Der Weg zum Klo ist beschildert mit: «Da hin zum Pipi-Kaka-Land», die Hundehütte ziert der Kalenderspruch «All you need is love ... and a dog.» An einem Zaun, hinter dem zwei Rappen friedlich ihr Heu futtern, verkündet ein Holzschnitt: «Wenn Du nicht weiterweißt, umarme ein Pferd.»

Während der eine Hund unablässig an mir hochspringt, stellt sich Fiona an den Zaun und streckt ihre Hand nach den Pferden aus, und ich habe den Eindruck, das war eine gute Idee hierherzukommen. Trotz der Sprüche. Auch an dem Eingang zu dem, was ich für das Wohnhaus halte, über einer Truhe, auf der sehr viel Zeug liegt, baumelt ein abgeschlagenes Emailschild: «Gestern war hier noch aufgeräumt, schade, dass ihr es verpasst habt.» Aus einem Stall kommt jetzt eine Frau, sie lacht uns an, kommt zu uns rüber, rupft den Hund von mir runter und sagt: «Hallo, ich bin Kathi.»

Gleich neben dem Reiterhof steht ein größeres Haus mit drei Ferienwohnungen für Reitergäste. Unsere Wohnung ist direkt im Erdgeschoss, und Fiona sucht sich das Schlafzimmer aus, durch das man den besten Blick auf die Reit-Arena hat. Auch die Pferde haben einen hervorragenden Blick zu uns in die Wohnung. «In einem Haus, in dem Freude liebt, zieht auch das Glück ein», steht als Wandtattoo im Eingang, «Wer Schmetterlinge lachen hört, der weiß, wie Wolken schmecken» hängt über dem Sofa. Und die Küche ziert: «Hier sitzen Menschen, die leben und lachen, die essen und trinken, die zuhören und plaudern, die genießen und spielen.» Die Leute auf diesem Reiterhof scheinen ein gewaltiges Sendungsbewusstsein zu haben.

Unsere Wohnung im Ponyhof ist so groß wie eine Pferdebox, aber Fiona findet es wie immer alles herrlich, und mittlerweile hat sie mit ihrer Euphorie auch Josepha angesteckt. Die beiden inspizieren erst mal alles und bewundern die technischen Errungenschaften, die sie von zu Hause nicht kennen. Wie den Kehrbesen, der an einem Stock über der Kehrschaufel hängt. Oder die imposante Fußabtretermatte, die den Matsch daran hindern soll, ins Haus zu kommen. Ich sehe das Ganze etwas anders: In der Küchenecke gibt es keine freie Fläche, alle Schränke sind bereits voll geräumt. Ich hole den Proviant, den wir mitgebracht haben, falls es in der Gegend nichts gibt, und räume ein: Ich stopfe den Toast zu den Tellern, den Kakao zu den Tassen, die Nudeln müssen zu den Töpfen ziehen.

Auf dem Fensterbrett grasen Porzellanpferde. Auf dem Duschvorhang galoppieren Pferde durch die Wellen am Strand. Auf den Kaffeetassen sind Hufeisen. Aber das Beste bekommen wir erst mit, als wir uns abends ins Bett legen.

Wir haben ein fest eingespieltes Abendritual. Das bedeutet, sobald wir uns hingelegt haben, stehen wir sofort noch mal auf. Um Hasi zu holen, zum Beispiel. Oder um noch etwas zu trinken. Oder weil wir das Buch im Wohnzimmer vergessen haben. Aber diesmal ist noch was anders. Als Fiona das Licht ausmacht, bleibt es hell im Zimmer.

«Oh», sagt Josepha, «wow, ist das schön.»

«Was ist das?», fragt Fiona ängstlich. Wir schauen hoch. Der Rappe, der auf dem Bild über unserem Bett durch die Wellen am Strand galoppiert, strahlt fluoreszierend. Seine Mähne leuchtet, seine Augen leuchten, das ganze verdammte Bild ist so hell, dass man nicht schlafen kann. Fiona will, dass das Bild sofort verschwindet. «Das ist gruselig.»

Josepha besteht darauf, dass es bleibt. Ich will einfach nur schlafen. Aber das kann ich nicht mit einem rechteckig leuchtenden Geist über dem Kopf. Am Ende einigen wir uns darauf, dass das Bild rauskommt, ich dafür aber Joe noch einmal die Geschichte von dem Meermädchen Hanna vorlese.

Ich habe etwas Sorge vor übermorgen. Denn dann kommt Matthias. Ich hatte eigentlich den Urlaub mal wieder ohne ihn geplant, aber dann ist mir in der letzten Minute aufgefallen, wie bescheuert es wäre, wieder alles alleine zu stemmen und dann zu maulen. Also kommt er nach. Und er wird hundertprozentig sagen: Hast Du mal wieder die Kommentare für die Ferienwohnung nicht gelesen? Und ich muss zugeben, nein, habe ich nicht, ich habe, auch das wie immer, einfach Sarah vertraut, die die Straße runter in einem Laden einer Künstlerin arbeitet. Die war schon mal hier und fand es toll.

Am nächsten Tag um elf Uhr steht die erste Reitstunde an. Fiona traut sich noch nicht alleine, also bleibe ich im Stall dabei. Mit Fiona zusammen haben noch zwei andere Mädchen Unterricht, Typ Pferdemädchen. Auch sie in Begleitung ihrer Mütter. Die Reitlehrerin ist ein blasses, aber sehr nett wirkendes Mädchen, irgendwas zwischen 16 und 19 Jahren alt. Sie stellt sich vor als Melli. Mehr muss man anscheinend über sie nicht wissen. Ganz anders sieht das bei den Ponys aus. Denn bevor es losgeht mit dem Reiten, stellt Melli ihren Schülerinnen noch den Stall vor. Mit großer Ernsthaftigkeit erklärt sie den Kindern jedes einzelne Tier. «Das ist Bruno, der ist 14 Jahre alt. Bei dem ist gerade piano angesagt, der erholt sich noch von einer Verletzung. Na, ja, er ist in der Hackordnung hier nicht besonders hoch. Wir haben gerade Drama in die

Herde integriert, da ist Bruno degradiert worden. Klar, so Rangkämpfe sind normal.»

Fiona und die anderen beiden Mädchen nicken eifrig. Sie folgen Melli wie Assistenzärzte der Chefin auf Visite.

«Das ist Moni, die ist erst seit einem Jahr bei uns, aber die ist gerade so richtig auf Sendung. Für Moni braucht man etwas reiterliche Erfahrung, weil sie richtig Bock hat, loszulegen, ist dann manchmal schwer zu halten. Vor zwei Wochen war das noch total anders, da hatten wir Verdacht auf 'ne Kolik, da war sie für nix zu gebrauchen. Aber dann war auf einmal doch alles tutti. Ich habe sie euch heute mal vor dem Unterricht ablongiert, damit sie so richtig schön angaloppieren kann. Dann ist sie jetzt ruhiger.»

Wieder eifriges Nicken. Und weiter zur nächsten Box. «Das ist Moritz, bei dem ist gerade der Bumms ein bisschen raus, der war am Wochenende auf einem Turnier. Hat er aber gut gemacht ...»

Melli hört überhaupt nicht mehr auf. Hier im Stall geht es härter zu als im Emergency Room.

Ich versuche, mich ein bisschen im Hintergrund zu halten. In einigem Abstand lehne ich mich an eine leere Pferdebox und lese möglichst unauffällig irgendwas auf meinem Handy, um nicht noch mehr Informationen über Hufe, Fellfarben, Mähnenkämme oder Kruppen mitzubekommen. Außerdem muss ich aufpassen, dass Josepha nicht von einem Pferd umgetrampelt wird.

Zwei Boxen hinter mir unterhalten sich zwei Teenager leider unüberhörbar über ihre Lieblinge. «Ich glaube, Lucky muss ich mal wieder den Physio holen. Ich habe das Gefühl, dass er so spannig ist, ich krieg ihn total schwer in die Anlehnung.»

«Ich hatte bei Earl gestern auch so das Gefühl, immer wenn ich antrabe, gibt es so einen Widerstand. Kann sein, dass das Kopfeisen zu eng eingestellt ist, ich hatte ja neulich die Sattlerin da, die meinte eigentlich, es sei alles okay, ich soll nur die Vorderstrümpfe immer etwas lockerer einstellen, aber dann rutsche ich im Galopp immer so.»

Ein dritter Jugendlicher kommt vorbei und mischt sich ein. «Habt ihr schon mal was von KI gehört?»

«Wie jetzt, beim Reiten?»

«Ja, da kommt jemand und filmt Euch beim Reiten, und dann wird das in so ein Programm hochgeladen und Du kriegst dann die Analyse.»

Mir schwirrt der Schädel. Ich schleiche mich vorsichtig an die Pferdemädchen-Gruppe ran und winke Fiona zu.

«Bis später», sage ich leise und versuche, abzuhauen. Aber ein flehendes «Mama?» hält mich zurück. Okay, sie braucht noch ein bisschen. Die anderen Mütter schauen mich auch ganz vorwurfsvoll an. Also bleibe ich. Josepha sortiert solange Strohhalme auf dem Boden. Die mit und die ohne Pferdemist.

Melli erklärt jetzt ganz genau den Inhalt des Putzkastens, den Striegel, die Wurzelbürste, den Kamm, den Schwamm. Es dauert Ewigkeiten, dann putzt jedes Kind sein Pony, Fiona hat Bruno zugeordnet bekommen, das beruhigt mich, von dem heißt es ja, der sei *piano*. Nach circa einer Stunde geht es dann endlich in die Halle. Mir ist kalt, mir ist langweilig. Aber jetzt will ich natürlich doch sehen, wie Fiona reitet.

Am Rand stehen ein paar aufgebaute Bänke, von denen aus man einen guten Blick auf das Geschehen in der Halle hat, vielleicht für Preisrichter oder so. Fiona kriegt einen kleinen

Hocker zu ihrem Pony gestellt, damit sie besser aufsteigen kann. Es sieht allerdings immer noch recht schwierig aus. Sie liegt halb auf dem Reitsattel wie ein nasser Sack, Melli schiebt sie mit aller Macht nach vorn. Eine der anderen Mütter kommt zu mir rüber.

«Hey, na, was dagegen, wenn ich mich zu Dir setze?»

Ich habe gerade nicht besonders Lust auf Kontakt, aber klar, wir sind 'ne Woche hier, wird nicht schaden, ein paar Leute kennenzulernen.

«Gerne.» Ich rücke etwas auf meinem Thron.

Die Frau trägt Cowboyboots, enge Jeans und Poncho, sie sieht aus, als wäre sie zum Rodeo verabredet.

«Deine?», fragt sie und schaut zu Fiona rüber, die nun etwas unschlüssig auf Bruno hockt. Ich nicke.

«Das ist meine», sagt sie, «Amelia». Sie zeigt auf ein Mädchen, das sich gerade elegant auf den Ponyrücken wuchtet.

«Wie lange reitet Deine schon?», fragt die Frau.

«Na ja, Reiten kann man das nicht nennen, sie saß ein paarmal drauf.»

Die Frau lächelt und nickt verständnisvoll. «Also bei Amelia ist es das erste Mal. Aber das ist bei ihr immer so, weißt Du? Vor ein paar Wochen ist sie nachts aufgewacht. Und komischerweise ich auch im gleichen Moment. Und sie ist dann zu mir rübergekommen und hat gesagt: Mama, ich werde reiten. Und jetzt sind wir hier.»

Amelia und Fiona reiten nacheinander durch die Halle. Es sind noch zwei andere Mädchen dazugekommen, die führen auch jedes ein Pony. Die Frau neben mir beobachtet so gebannt jede Regung ihres Kindes, ich traue mich nicht, jetzt aufs Handy zu schauen.

«Das mit Amelia, das ist so eine ganz intensive Verbundenheit. Weißt Du, als sie geboren wurde, so ganz am Anfang, als die Hebamme mir sie auf die Brust gelegt hat, da dachte ich, die reitet sicher einmal. Aber dann denkt man ja viel, und Amelia hat so viele Talente, eigentlich komisch, dass wir erst jetzt hier gelandet sind.»

«Reitest Du?», frage ich sie.

Sie lächelt nachsichtig. «Ich bin praktisch auf einem Pferderücken geboren. Ich war ein totales Pferdemädchen. Habe meine ganze Kindheit im Pferdestall verbracht. Aber dann, klar, die Karriere. Ich wollte Turnierreiterin werden, aber mir taten die Pferde leid.»

Ich tue mir langsam auch leid. Die Mutter des dritten Mädchens hat es irgendwie geschafft, sich abzusetzen. Ich schaue mich hilflos nach ihr um.

«Ich bin Sabine», sagt die Mutter von Amelia.

«Ich muss mal eben nach meiner anderen Tochter schauen», sage ich und gehe raus.

Vor dem Stall unterhalten sich die beiden Jugendlichen von vorhin.

«Du musst Sperrriemen ausprobieren», sagt der eine. Aber der andere ist nicht überzeugt.

«Ich halte es mehr mit einem einfach oder doppelt gebrochenen Gebiss», sagt er. «Auch eine Wassertrense kann funktionieren, meinetwegen sogar eine Olivenkopf-Trense. Kommt halt aufs Pferd an.»

Beide einigen sich darauf, dass sie wachsen wollen. Ich verstehe gar nix mehr. Drinnen ist die Reitstunde jetzt zu Ende. Fiona stürmt mir entgegen, sie ist total begeistert. Um vier hat sie die nächste Stunde.

«Mama, ich will jetzt jede Ferien hierher.»

«Mhm, mal sehen», sage ich.

In unserer Küche machen wir uns ein paar Nudeln, die ich auch vorsichtshalber mitgebracht hatte. Ein Restaurant oder einen Imbiss gibt es hier nicht in der Nähe, es gibt eigentlich sowieso absolut gar nichts. Leider kann ich Fiona und Josepha nicht überzeugen, nach dem Essen mit mir um den See zu laufen. Sie wollen sich lieber im Stall umschauen. Natürlich muss ich mit.

Auch die Stunde am Nachmittag findet Fiona fantastisch, sie bleibt fast drei Stunden weg, weil sie noch striegeln muss und nachher beim Ausmisten hilft. Gott sei Dank kostet das nicht auch noch sechzig Euro pro Stunde. Ich habe in der Zwischenzeit mit Josepha wenigstens einen mickrigen Supermarkt nicht ganz so weit weg gefunden und es gibt Bratwurst zum Abendessen. Dabei schauen wir alle lineares Fernsehen. Ich habe nicht auch noch Lust, etwas zu spielen. Ich frage mich, was zur Hölle ich die nächsten Tage hier tun soll. Mit Josepha.

Am nächsten Tag kommt Matthias, und ich bin sehr froh, ihn zu sehen. Wie erwartet findet er die Wohnung schrecklich, und die Gegend ist jetzt auch nicht unbedingt seins. Fiona macht zwei Reitstunden, und weil es regnet, hängen wir anderen den ganzen Tag in der miesen Ferienwohnung und warten auf sie. Am Abend fahren wir gemeinsam ins nächste Dorf, da soll es eine gute Pizzeria geben. Es gibt allerdings nur eine mittelmäßige. Außerdem haben die Kinder Angst, alleine zu schlafen, und deswegen muss Matthias auf das Schlafsofa im Wohnzimmer umziehen, wo eigentlich das Kinderbett sein sollte.

Am nächsten Morgen gibt es Streit. Ich dusche gerade, da kommt Matthias genervt rein. Die Kinder langweilen sich und wollen fernsehen.

«Was machen wir denn jetzt eigentlich die ganzen Tage hier?», fragt Matthias. «Was ist dein Plan?»

«Wieso mein Plan?», frage ich. «Was ist denn Dein Plan? Wieso soll ich denn immer einen Plan haben?»

«Na, das ist doch Deine Idee hier», sagt er.

«Was??? Du wolltest doch auf den Ponyhof!», schreie ich. Lasse aber vorsichtshalber die Dusche an, die Kinder sollen es ja nicht unbedingt mitbekommen.

«Ich wollte, dass Fiona auf einen Ponyhof kann», sagt er. «Nicht ich.»

«Du willst doch immer Urlaub machen.»

Nachmittags erwartet mich eine Überraschung. Ich hatte Fiona alleine in den Stall geschickt, Matthias suchte mit Josepha einen Spielplatz. Und ich war endlich alleine. Aber als ich gerade in der Ferienwohnung angekommen bin, steht sie auch schon wieder vor der Tür.

«Mama, ich darf einen Pony-Spaziergang machen!»

«Oh, wie toll», sage ich. Vor meinem inneren Auge sehe ich mich die nächsten zwei Stunden mit einem Buch in der Hand im Bett liegen.

«Komm mal mit», sagt sie und zerrt mich zurück in den Stall. Dort steht Bruno schon mit Sattel auf dem Rücken, Melli hilft Fiona hoch, und dann drückt sie mir den Strick an Brunos Zügel in die Hand und sagt: «Wickel Dir das nicht um die Hand, der ist so stark, der reißt sie Dir ab.»

«Was?»

«Ja, diese Ponys haben irre Kraft.»

«Moment mal, ich soll Bruno führen?»

«Ist das nicht toll, Mama?», strahlt Fiona.

«Das ist ganz einfach», sagt Melli. «Er darf nur nichts fressen, sonst gibt es keine Probleme.»

«Und wo gehen wir hin?», frage ich ängstlich.

«Ach, einfach in den Park.»

Aber einfach ist hier gar nichts. Ich hätte sagen sollen, Entschuldigung, aber ich habe Angst vor Pferden. Dann hätte Melli vermutlich gesagt, aber das ist ein Pony. Dann hätte ich sagen müssen, ich stelle gerade fest, ich habe auch Angst vor Ponys. Aber das kann man ja nun wirklich nicht zugeben. Ich schaue also nach vorn, ich habe mal gelesen, dass man Ponys nicht in die Augen schauen soll, und ziehe los. Glücklicherweise setzt sich Bruno in Bewegung.

«Alles okay, Fiona?», frage ich alle fünf Minuten, während wir die Straße entlanggehen. «Hast Du eine Ahnung, wo der Park ist?»

Da kommt ein Auto. Ich fange an zu schwitzen. Soll man jetzt anhalten? Bruno geht weiter. Er geht so eng an einem parkenden Auto vorbei, dass ich komplett eingequetscht werde.

«Alles okay, Fiona?», frage ich wieder.

«Mama», sagt Fiona, «Du musst ihn spüren lassen, dass Du der Boss bist.»

Das hat sie in ihrer Reitstunde gelernt.

«Ich bin aber nicht der Boss», sage ich.

«Wenn das Pony der Boss ist, frisst es», sagt Fiona.

Jetzt schwitze ich noch mehr. Am Ende der Straße gehen wir über eine Wiese. Bruno macht Anstalten, sich zu bücken. Ich stemme mich mit meinem ganzen Gewicht gegen ihn. Ich bin sicher, dieses Pony denkt gerade, dass es in seinem ganzen Leben noch kein so wandelndes Städterinnen-Klischee wie mich getroffen hat. Der Strick in meiner Hand ist schweißnass.

«Alles okay, Fiona?», frage ich.

«Mama», sagt sie, «Du nervst.»

Irgendwie schaffen wir es durch das, was vermutlich der Park war. Wir schaffen es sogar die Straße wieder runter, zurück auf den Hof. Ich glaube, wir waren vier Stunden unterwegs.

Als wir endlich ankommen, sagt Melli: «Oh, schon wieder da, das waren ja erst 20 Minuten.»

Fiona ist komplett aus dem Häuschen vor Glück. Ich habe sie noch nie so erlebt. Den ganzen Abend ist sie total süß, hilft mir beim Kochen, erzählt mir von ihren neuen Erkenntnissen. «Also der Rappe, der, der am Eingang steht, der hatte letztes Jahr ganz schlimm Hufrehe», erzählt sie. «Und der andere Mauke.»

Sie ist angekommen. Sie will hier wohnen für immer.

Immerhin wird das Abendessen netter als das am Tag davor. Wir haben ganz in der Nähe den besten Minigolf-Parcours der Welt entdeckt und gleich an der Anlage dran ein wunderbares Restaurant. Die Stimmung zwischen Matthias und mir ist auch wieder gut, wir haben uns drauf geeinigt, einen Tag früher abzureisen und dafür noch zwei Tage in einem anonymen Hotelbunker mit Pool abzusteigen. Eine Perspektive, für die Matthias vermutlich bessere Worte gefunden hätte.

In dieser Nacht träume ich von Bruno. Wir müssen durch einen engen Tunnel und er quetscht mich an die Wand. «Du bist der Boss», schreit Sabines Stimme dabei die ganze Zeit. Aber ich sehe sie nicht.

Am nächsten Morgen bringe ich Fiona wieder in den Stall, ich warte sogar, bis Bruno geputzt ist. Aber als sich Sabine dann wieder neben mich setzen will in der Halle, halte ich es nicht mehr aus.

«Bin gleich wieder da», sage ich lächelnd und haue ab, so schnell ich kann.

Fiona wird eine Stunde reiten. Ich habe eine Stunde Ruhe von dem ganzen Pferdezirkus. Ich trete vor die Halle. In dem Moment höre ich Aufregung in der Halle hinter mir. Ich drehe mich um und sehe, wie Fiona mit Reiterkappe und allem auf mich zurennt. Sie hat mich nicht mehr gesehen und Panik gekriegt. Jetzt steht sie weinend vor mir.

«Mama, wo warst Du?»

«Mann, ich wollte mal eben alleine sein.»

«Aber Du kannst mich doch nicht alleine lassen.»

«Fiona, Du wolltest doch auf den Ponyhof.»

«Ja», sagt sie, «und Du wolltest ein Kind.»

Ich lache. «Das stimmt.» Dann nehme ich sie in den Arm.

Ich wollte einen Mann und ein Kind und dann noch ein Kind. Und wenn es sein muss, dann will ich sogar Urlaub mit ihnen. Ich finde, ich werde darin immer besser.

EPILOG

Urlaub mit Kleinkindern bringt einen gelegentlich an den Rand des Wahnsinns und darüber hinaus. Obwohl ja eigentlich überhaupt nichts Außergewöhnliches passiert. Nur eben immer wieder dasselbe in Endlosschleife. Urlaub mit Kleinkindern ist vierhundertdreiundachtzigmal *Bobo am Strand* vorlesen, hundertelf Sandburgen bauen und sechshundertsechzigmal hintereinander sagen: «Oh, das ist aber ein leckeres Sand-Himbeereis, was Du mir da gemacht hast. Jetzt hätte ich noch gerne einen Sandkaffee und danach ein Stück Sandkuchen.»

Urlaub mit Kleinkindern ist im ICE auf dem Boden hocken und die Reste von den runtergefallenen Salzbrezeln, auf die gerade schon ein vorbeilaufender Reisender draufgetreten ist, schneller einsammeln, als die krabbelnde Anderthalbjährige sie in ihren Mund stopfen kann. Es ist im Restaurant am Strand die genervten Blicke der Nachbarn aushalten, während die Dreijährige die Erkennungsmelodie von *Zoés Zauberschrank* zum Besten gibt. Es ist weiteressen, auch wenn das Baby mit beiden Händen in die Tagliatelle al Salmone – die Sahneversion – greift, weil man selbst einfach Hunger hat und die Fähigkeit, im entscheidenden Moment nicht darüber nachzudenken, ob das Baby nicht genau vorher mit genau diesen Händen über den Boden gekrabbelt ist.

Ja, im Prinzip ist Urlaub mit Kleinkindern das: versuchen, nicht durchzudrehen, auf das Wesentliche fokussieren und immer locker im Knie bleiben. Denn wenn man sie dann eines Tages geschafft hat, diese Tage und Nächte mit ständig neuen Einfällen, mit Sand im Bett und ausgelaufener Apfelschorle in der Handtasche und einer dicken Paste von mineralischer Sonnencreme im Gesicht, dann vermisst man sie. Und dann werden all diese Momente, in denen man dachte, ich würde mir jetzt gerne in den Fuß schießen, wenn ich für den Gebrauch von Waffen wäre, auf einmal Momente der Glückseligkeit. Das habe ich auf jeden Fall mal jemanden sagen gehört.

Und wenn vielleicht auch nicht immer Glückseligkeit, dann doch wenigstens eine verdammt lustige Geschichte, über die man irgendwann gemeinsam lacht. Weißt Du noch …?

Urlaub mit Kleinkindern ist das, was man sich spätestens dann sehnlichst zurückwünscht, wenn man mit einem Teenager in den Urlaub fährt.